秘密で出産するはずが、
極上社長の執着愛に捕まりました

m a r m a l a d e b u n k o

沙紋みら

マーマレード文庫

目次

秘密で出産するはずが、極上社長の執着愛に捕まりました

秘密で出産するはずが、
極上社長の執着愛に捕まりました

1　揺れて、堕ちて

――こんなの……初めて……。


それは、ただの成り行きで重ねた唇。愛のないキス――のはずだった。

なのに、その唇が触れる度、冷たい雨に濡れ温もりを失いかけていた体がまるで媚薬でも盛られたかのように熱く痺れ、どうしようもなく胸が高鳴る。

そんな肢体の反応に気持ちがついていかず、戸惑いつつ薄目を開ければ、微かに開いた瞼の奥から覗く艶めかしい淡褐色の瞳と視線が絡み合い、今度は心臓を鷲摑みされたような強烈な痛みが胸に走る。でも、その痛みも今の私には高揚感を煽る刺激でしかなく、得も言われぬ甘い疼きが全身に広がっていく。

結局、抗うことができず、委ねるように再び瞼を閉じた。


私、桜宮《さくらみや》遥香《はるか》は今日で二十八歳になった。この歳になれば、当然、それなりに恋愛経験もあるわけで、付き合った男性と愛情表現のひとつとして幾度となく口づけを交わしてきた。だから、キスがどういうものか……ということは分かっていた。でも彼とのそれは、私が今まで付き合ったどの男性のキスよりも刺激的でジリジリと情欲を高めていく……。

さっきまであんなに憎たらしいと思っていた人に心が揺れている……。

認めたくないという気持ちが傾きかけた心に必死にブレーキをかけようとするが、感じたことのない甘美な快感が私から理性を奪い去り、それほど親しくもない男性の唇を追うことに全く後ろめたさを感じなくなっていた。

私は、今日言葉を交わしたばかりのこの男に、キスだけで堕とされたのだ——。

——東京《とうきょう》、港《みなと》区。

凍えるような寒さに肩を窄め、仕事終わりの私が向かっているのは、大通りから一本路地に入った先にある古めかしい雑居ビル。勤めている会社から徒歩十分ほどの所にあるそのビルの半地下にフォーシーズンという名の小さなバーがある。路地裏という立地と目立たぬ看板が影響しているのだろう。一見さんの来店はほとんどなくいつ来ても顔ぶれはほぼ同じ。常連さんオンリーの店だ。私はそんな隠れ家的な雰囲気とマスターの人柄に魅かれ、仕事終わりに度々訪れていた。

地下に続く階段を下りたところで白い息を吐き「今日も冷えるなぁ……」と呟いたのは、フォーシーズンのマスターの後輩で私が勤めている会社の社長、大杉彰《おおすぎあきら》。四年前、私は彼に連れられ初めてここに来た。

重厚な扉を開けると暖かな空気と見慣れた景色に気持ちが緩みホッとする。

決して広くない店内には年季が入った木製の一枚板カウンターと少し色褪せたレトロなソファのボックス席がふたつ。バックバーにズラリと並ぶ洋酒のボトルは全てマスターが厳選した希少な物ばかり。

優しい笑顔で迎えてくれたマスターは、私がいつものカウンター席に腰を下ろすと決まってこう言う。

「お帰り。ハルちゃん」

「ただいま。マスター」

まるで我が家に帰ったような安らぎがここにはある。そして何も言わずとも淡黄色のソルティドッグと私が好きなよく冷えたレーズンバターが出てくるのだ。

フルーティーな香りを楽しみながらグラスの縁に塗られたソルトと共に一口、口に含むとグレープフルーツの爽やかな酸味と苦みが口の中に広がる。

最高の癒しに頬を緩めレーズンバターに手を伸ばした時だった。左隣に座っている彰が私の方に体を寄せ耳元で囁く。

「あいつ、また来てるな」

彼が目配せしたのは、カウンターの隅。そこには黒のニットを着た男性がひとりでグラスを傾けていた。

細身だけれど、しっかりした骨格。座っていても長身だということは分かる。

「あぁ……あの人、確か……三日前に来た時も居たよね」

「見ない顔だよな」

コクリと頷き再びカウンターの隅に目をやった時のこと。不意に顔を上げた男性と視線がぶつかった。その瞬間、妖艶かつ魅惑的な眼差しに捉えられた私は何かの術でもかけられたみたいに彼から目を逸らすことができなくなる。

暖色系の間接照明に照らし出されたシャープな輪郭の中には彫刻のように美しい鼻梁と軽く結んだほど良い厚さの唇。そして艶やかなブルネット系の黒髪から覗くくっきり二重の瞳は虹彩が薄い茶色で、ほんのりダークグリーンが入った美しい淡褐色だった。

「……綺麗な瞳」

思わず漏れた言葉に反応したマスターが私と男性を交互に見つめニッコリ笑う。

「紹介しようか？」

「えっ……あ、でも……」

私が躊躇した理由は、その美しい顔にほとんど表情がなく、ミステリアスで近寄りがたい印象を持ったから。でも、さすがにハッキリＮＯとは言えず、なんとなく言葉を濁していたら、左側から「是非」という低く落ち着いた声が聞こえてくる。

「ひとりで飲むのも飽きてきたなと思っていたところです。良ければご一緒させてください」

「そうですか。こちらは構いませんよ」

来るものは拒まない性格の彰が笑顔で頷くが、私はまだ警戒心が解けず、引き気味に男性を見つめていた。

その男性は城山《しろやま》蓮《れん》と名乗り、二週間前に勤めていたアメリカの会社を退職し、日本に帰ってきたのだと静かに語る。

「えっ……アメリカで仕事をされていたんですか？」

彰は彼に関心を持ったようで、前屈みになり声のトーンを上げた。

「僕は大杉彰。隣の彼女は桜宮遥香です。どうぞ宜しく」

「こちらこそ……で、おふたりの関係は？　苗字が違いますからご夫婦ではないようですし、恋人かな？」

城山さんの質問にマスターを含めた私達三人は同時に苦笑いを浮かべる。

「残念ながら、僕と彼女はそんな色っぽい関係じゃありませんよ。僕は小さいながらアメイズというIT関連の会社を経営していましてね、彼女はその会社の社員です」

「社長と社員？」

今までほとんど表情を変えなかった城山さんが淡褐色の瞳を大きく見開いた。

「何度かここでおふたりをお見かけしましたが、とてもそんな風には見えませんでした。彼女はあなたのことを下の名前で呼んでいましたからね。それも〝彰〟と呼び捨てで……」

なかなか鋭いところをついてくる。そう、私と彰はただの社長と社員という関係ではない。いや、正確にはなかったと過去形にするべきだろう。

かつて彰は私の恋人だった。でもそれは、三年も前のこと。男女の関係を解消した今は上司、そして一番親しい友人として公私共に私の良き相談相手となっていた。

「ほぉ、別れた後も同じ会社で仕事をし、プライベートでもこうやってふたりで飲みに行く。面白い関係ですね」

興味深げに目を細めふわりと笑う城山さんに、今度は彰が質問をする。

「それで、城山さんはアメリカでどんな仕事をされていたんですか?」

だが、その問いに答えたのは城山さんの前にお代わりのバーボンを置いたマスターだった。

「城山さんはね、あのズィーニスの本社でシステム設計の責任者をしていたそうだよ」

「ええっ! 城山さん、ズィーニスの本社に居たんですか?」

大声を上げた彰が椅子から体を浮かせ身を乗り出す。

彰が驚くのも無理はない。ズィーニスと言えば、IT業界では世界で一、二を争う大企業。彰はズィーニスの創業者の現会長を神のように崇拝していて、その会長の経営理念に感銘を受け自らも起業したのだ。

城山さんがその憧れの会長と会ったことがあると分かると彰のテンションは爆上がりで、私のことなどほったらかしにして城山さんと延々と話していた。で、完全放置された私はというと、あえてふたりの会話には加わらず、ソルティドッグをちびちび飲みながらマスターと他愛のない話をしてそれなりに楽しく過ごしていた。

「今日は絵梨《えり》ちゃん来てないんだね」

絵梨ちゃんとは、都内の大学に通うマスターの姪っ子。時々フォーシーズンに来てマスターの手伝いをしている。

「アルバイトさせて欲しいって言うから仕方なく雇ったのに、気分で来たり来なかったり……今日も開店ギリギリに電話がかかってきて、今友達と神戸《こうべ》に遊びに来てる。だからアルバイトは休むって。ホント困った奴だよ」

「絵梨ちゃん、旅行が趣味だって言ってたからね。でも、そうやって遊べるのも学生の内だけだから。就職すれば絵梨ちゃんの意識も変わるよ」

「だったらいいんだけどね……」

マスターが深く大きなため息をついた時、アルコールが進みすっかり酔っぱらった彰が意外なことを言って私を驚かせる。

「遥香……実はさ、俺、本当はバイオ関係の仕事がしたいんだよ……」

「えっ？　バイオ関係？」

そんなの初耳だ。

「そっ！　最新技術を使って天候などに左右されない生産システムを構築すれば、安定した野菜の供給ができる。これからは農業の時代だ！」

「それって、室内で野菜を水耕栽培するってやつでしょ？　そんなのもう大手企業が参入してやってるよ。それに、結構コストがかかるって話だし。無理なんじゃない？」

酔っぱらいの戯言だと思いつつやんわり否定的な言葉を返すと、彰が椅子にふんぞり返り自信満々に言う。

「葉物野菜なんかはもう室内栽培されてるが、根野菜や一部を除いた果物はまだ困難な状態だ。俺はそれを可能にしてこれからの日本の食文化を支えていきたいんだよ」

日本の食文化を支えるだなんて、また大きく出たものだ。

呆れて鼻で笑うと、彰の話を真剣な表情で聞いていた城山さんが「大杉さんが本気で取り組みたいのなら……」と呟き、カウンターの上のスマホに手を伸ばす。

「私がズィーニスの本社に居た時に知り合った日本人男性が、今アメリカでそっち方面の仕事をしているんです。良かったら紹介しますよ」

それを聞いた彰は大喜び。慌ててスーツの内ポケットからスマホを取り出し、城山さんと連絡先の交換を始める。

私はその様子を冷ややかな目で見つめていた。

彰は酔うといつも心にもないことを言う。そして翌日になると決まって自分が何を言ったか覚えていないのだ。どうせ明日になったら今言ったことも忘れているだろう。

彰の言葉を信じて知り合いを紹介しようとしている城山さんが気の毒でならない。


——三日後。株式会社アメイズ、アプリ開発部。

「コードは正常ね。モジュール画面も問題ないし、データ部分の確認で何もなければ最終テストに移れるな……」

企画立ち上げから半年。私が手掛けたアプリがようやく最終段階に入った。

「スケジュール通りですね。桜宮主任」

同席していた開発チームのメンバー達が嬉しそうにハイタッチをする中、後輩社員の水森《みずもり》明日香《あすか》が満面の笑みで親指を立てる。

「そうだね。でも、リリースまでは気を抜かないように。じゃあ、私はこの結果を大杉社長に報告してくるから」

浮かれているメンバー達にチクリと釘を刺し、タブレットを持ち立ち上がるも、皆に背を向けた瞬間、喜びが抑えきれず思いっきり表情が緩んでしまった。そして笑顔のまま足早に社長室に向かう。

私が勤めるアメイズはＡＩやＶＲを活用し、様々な分野の企業に業務関連アプリやシミュレーションアプリを提供している。また、一般向けにオンラインゲームなどの配信も行っている創業七年のまだ若い会社だ。働く社員も二十代前半が多く、彼らから見れば、入社五年目に入った私は間違いなく古参社員ということになる。

基本、ＩＴ関連の会社は人の出入りが激しい。それは悪い意味ではなく、ひとつの会社である程度のスキルを身につけると、キャリアアップの為に転職してまた新たなことに挑戦する。それが当たり前になっているので、あえて退職金制度を設けていない会社も多い。というわけで、私は古株と呼ばれているのだが、二十代でお局様扱いされるのはあまり気分がいいものではない。

でも、コミュニケーションスペースで談笑している初々しい新入社員の姿が視界に入ると、やっぱり、おばさんか……と妙に納得してしまう。

アメイズの社風はとにかく自由。それはオフィスにも反映されていて各部署を仕切るパーテーションなどはなく、デスク以外での仕事も認められている。社員は各々創意工夫し、一番効率が上がる場所で作業が行えるのだ。

その為に用意されたワークスポットは実に個性的で、観葉植物に囲まれた森のようなスペースもあれば、こたつが置かれた畳の部屋なんかもある。

そんな一風変わった空間を通り過ぎると彰が居る社長室のドアが見えてくる。

「失礼します。アプリのテスト結果の報告に参りました」

元カレで親友でも会社では社長と社員。その線引きは心得ているつもりだ。だから社内で私達が付き合っていたことを知る者は居ない。

しかし社長室のドアを閉め、ふたりっきりになるとお互い態度が一変する。

「お疲れさん。アプリ完成を祝して飲みに行くか？」

「まだ最終チェックが残ってるんだけど」

「遥香が担当しているんだ。最終チェックも問題ないだろう」

なんて呑気に笑っている彰だけれど、他の社員の前では決してこんな温いことは言わない。社風は自由で過程は問わないが、結果にはシビアな社長なのだ。

「信頼してくれるのは嬉しいけど、お祝いはアプリが十万ダウンロードされてからでいいわ」

「やけに謙虚だな。だったら、別のお祝いをしよう」

「別のお祝い？」

「あぁ、今日は十二月十三日。お前の誕生日だろ？」

やっぱり覚えてくれていた。そう、今日は私の二十八回目の誕生日だ。

「それと、俺達が付き合い出した記念日でもある」

「だったら、別れた記念日というのも入れてもらわないと」

彰とは、私の二十四歳の誕生日に付き合い出して翌年の二十五歳の誕生日に別れた。

「ったく、相変わらず嫌味な奴だな」

「ふふ……冗談だよ。で、どんなお祝いをしてくれるの？」

「フレンチレストランを予約しておいた。仕事が終わったらいつもの場所で待っていてくれ」

他人がこの会話を聞いたら、嫌味を言われても元カノの誕生日を祝ってやろうとしている彰を思いやりがある心の広い男性だと思うだろう。そして私に、どうしてそんな優しい彼と別れたのだと言うかもしれない。でも、こうなるまでには紆余曲折があり、別れたからこそ良好な関係を築くことができているのだ。

彰との出会いは四年前の秋。私がアメイズに中途入社して暫く経った頃、彼から告白され付き合い出した。当時の私はバリバリ仕事をこなす十歳年上の彰がとても頼もしく感じられ、この人なら絶対に好きになれる……そう思い彼を受け入れたのだが、交際がスタートすると彰は私を激しく束縛し、私生活全てに口出しするようになった。

それは仕事でも同じで、常に上から目線で命令口調。私が少しでも自分の意見を言おうものなら、激怒して激しく叱責されるのだ。

そんな彰の高圧的な態度が大嫌いな父親とダブるようになり、怒鳴られている最中に何度も過呼吸を起こしそうになった。

私の父は高慢で気が強く、気に入らないことがあると母や私を怒鳴り散らし、手を上げることもあった。その度、母親は私を抱え裸足で逃げ出していたのだ。私は幼い時からそんな父が怖くて常に父の機嫌を窺いビクビクしながら生きてきた。いつしかそれがトラウマになり、どんなに素敵な人と付き合っても、父親と同じ男性だと思うと心から愛することができなかった。

彰と別れた後は、もう男性は懲り懲り。一生、誰とも付き合わないと心に決めたのに、ここ一年ほど、ひとりになると無性に寂しくなり人恋しくなる。私はまだ、心から愛せる人を求めているのかもしれない。そんな人、現れっこないのに……。

二時間後、私はアメイズが入るオフィスビルの裏口で彰が来るのを待っていた。ここは清掃会社や警備会社の人達が出入りする関係者以外立ち入り禁止の場所なので、ほとんどの社員はこの扉の存在を知らない。

別にやましいことはないのだから堂々とふたりで飲みに行っても構わないのだけれど、この関係を会社の若い子達が理解してくれるまで説明するのはしんどいし、何より自分の過去を晒すのがイヤだった。

この歳になって本当の恋を知らないなんて口が裂けても言えない。私は意地っ張りで面倒くさい女なのだ。

「彰、遅いな……」

鉄の扉にもたれかかりスマホのディスプレイで時間を確認しているとメッセージが受信された。

【今、野村《のむら》産業の社長から紹介したい人が居るので銀座《ぎんざ》のクラブに来てくれと電話があった。断るわけにもいかないから顔だけ出してくる。また連絡するからフォーシーズンで待っていてくれ】

すぐさま【了解】と返信したが、スマホをスーツのポケットにしまうと諦めの息を吐く。

あの社長に銀座のクラブに呼ばれて顔だけ出して帰るなんてできっこない。今日のフレンチはなしだな。

それが分かっていても彰を待つと決め、重い鉄の扉を押して歩き出す。大通りから路地に入り人影まばらな道路を行くと目的地が見えてきた。

重厚な扉を開けた直後、薄暗がりの店内から聞こえる「お帰り。ハルちゃん」というマスターの優しい声。その響きが心地いい倦怠感を誘い、今日も一日、頑張ったなって気分になる。

「ただいま。マスター」

そう返した後、いつもならすぐにカウンター席に座るのだが、ある人物が視界に入り一瞬、足が止まった。

「あ……」

「こんばんは。また会いましたね」

「……城山さん」

「今日はひとりかな？　良かったら一緒にどうですか？」

立ち上がった城山さんが私の腰に手を添え、自分が座っていた隣の席をくるりとまわす。そのエスコートぶりはとてもスマートで紳士的だった。

「あ、ありがとうございます」

戸惑いつつ席に着き、ぎこちない笑顔を向けるとあの淡褐色の瞳が私をジッと見つめていた。

「以前、お会いした時は、あなたとお話できませんでしたからね。またお会いできて嬉しいですよ。遥香さん」

ただ名前を呼ばれただけなのに激しく動揺している自分が居る。そして今まで感じたことのない正体不明のヒリヒリとした痛みが胸を締めつけ、鼓動が速くなった。

「あの、城山さんの瞳って、本当に綺麗ですね」

焦って出た言葉がそれだった。

「あぁ……私の父は日本人ですが、母がアメリカ人でね。瞳の色は母から受け継ぎました」

なるほど。ハーフだったのか。

「ご両親はどちらにいらっしゃるんですか？」

「今はアメリカのワシントンに居ます。元々こっちに住んでいたんですが、ワシントンに居る母方の祖父が体調を崩して五年前に向こうに行きました」

城山さんとは共通の話題がないので、つい彼の家庭事情をあれこれ聞いてしまった。

彼は日本生まれの日本育ち。国籍も日本なのだそうだ。

「城山さんは一念発起して日本で起業する為に帰国した……そうでしたよね？」

マスターの言葉に城山さんが小さく頷く。

「一応、ＩＴ関係の仕事をしていましたからね、そっち方面の仕事を考えています」

「へぇ～そうなんですか。じゃあ、ウチの会社とライバルになるかもしれませんね」

初対面の時は近寄りがたい印象を持ったけれど、話してみると意外と喋りやすい。

「あ、でも、よくこのバーを見つけられましたね。私、初めてここに来た時、気付かずに通り過ぎちゃったんですよ」

すると私にソルティドッグを差し出したマスターが、城山さんは常連さんの知り合いで、その常連さんとここに来たのだと教えてくれた。

「常連さん？　私の知ってる人？」

「ああ、ハルちゃんもよく知ってる人だ。一年前までよく来ていた黒澤《くろさわ》隼人《はやと》君だよ」

「えっ！　フィールデザイン事務所の黒澤社長？」

黒澤社長は、前社長が亡くなり衰退したフィールデザイン事務所を業界トップにまで押し上げた優秀なデザイナーだ。彼とはこのフォーシーズンで知り合い、彰と三人でよく一緒に飲んでいた。その流れでアメイズの会社のロゴをデザインしてもらったのだが、一年前に結婚すると全くここに来なくなった。

「私と隼人は同級生で幼馴染み。高校まではずっと一緒でした。私が帰国すると知って、雰囲気のいいバーがあるとここに連れて来てくれたんですが、困ったことがあったらマスターに相談しろと言ってすぐに帰って行きました」

なんでも、奥さんの出産が近いらしく、心配で家を空けられないので城山さんの相手はしていられないと言われたそうだ。

「黒澤君はずっと想い続けていた女性と結婚して家庭第一になったみたいだよ」

「あのお酒大好きの黒澤社長がねぇ……ちょっとビックリ」

黒澤社長の変貌ぶりに驚いていると、マスターがカウンターの上に綺麗にラッピングされた小さな箱を置く。

「ハルちゃん、二十八歳の誕生日、おめでとう」

「えっ……マスター、私の誕生日、覚えてくれてたの？」

「もちろんだよ。今夜来てくれるんじゃないかと思って用意していたんだ」

それは可愛いルビーのピアスだった。

感激して椅子の上でぴょんぴょん飛び跳ね喜んでいたら、カウンターに片肘をついた城山さんがふっと笑う。

「遥香さんは無邪気で可愛い人ですね」

「えっ……可愛い？」

その言葉だけでもドキッとしたのに、更に追い打ちをかけるように「表情が豊かでとても魅力的です」なんて囁くものだから、体温が急上昇して心臓が破裂しそうになる。

ヤダ……顔が熱い。それに、変な汗も出てきた。

気持ちを落ち着かせようと飲みかけのソルティドッグを一気に喉に流し込む。すると城山さんが私の手から空のグラスをゆっくり引き抜き、マスターにシャンパンをオーダーしたのだ。

「私にもお祝いをさせてください」

優美な瞳で微笑む彼に向かってブンブンと首を横に振り丁重にお断りしたのだが、結局、フォーシーズンで一番高いシャンパンをご馳走になってしまった。

「ありがとうございます。でも、なんだか申し訳ないな……」

「いえいえ、遥香さんの特別な日に一緒に飲めて光栄ですよ」

社交辞令だと自分に言い聞かせるも、つい笑みが漏れてしまう。

再びお礼を言って繊細な泡が立ち上る琥珀色のシャンパンを口にした時、ボックス席に居た客がマスターを呼んだ。頷いたマスターがカウンターを離れると城山さんが

「今度は私の質問に答えてください」と口角を上げた。

「大杉さんと、なぜ別れたのですか？」

「えっ……？」

「私は遥香さんの質問に全て答えました。次はあなたが答える番です」

「それは……」

知り合ったばかりの人に会社の人も知らないプライベートな話をするのはどうなんだろう。でも、彼のことも根掘り葉掘り聞いてしまったし、高級シャンパンまでご馳走になってしまった。それに、ここで答えを渋れば、間違いなく場の空気がシラけてしまう。

少し迷ったが酔っていたということもあり、城山さんに彰との過去を話してしまった。

「あの陽気な大杉さんにそんな一面があったとは……驚きですね」

「彰と私は十歳差です。彰から見れば、私はまだ子供。そんな子供が仕事に口出ししたり、自己主張するのが気に入らなかったんだと思います。だからここで彰に別れを切り出した時も生意気なことを言うなって怒鳴られました」

でも、その様子を見ていたマスターが珍しく声を荒らげ『ハルちゃんも感情のあるひとりの人間だ。彰の所有物じゃない』と彰を強く叱ってくれたのだ。

「激しい嫉妬も強い束縛も未熟な私を守る為だったんでしょう。『俺の言うことを聞いていれば間違いない』というのが当時の彰の口癖でしたから。でも、マスターに延々と諭され、私が深く傷付いていたってことにようやく気付いたんです。彰はショックを受けていました。そして私と別れることを了承してくれたんです」

「そんな別れ方をしたのに、あなたは大杉さんの会社に残った。なぜですか？」

城山さんが疑問に思うのは当然だ。実際、私は彰に別れを告げた時、アメイズを辞めるつもりでいた。でも……。

「彰に引き止められたんです。私を傷付けた償いをさせて欲しいって……それからの彰は人が変わったみたいに優しくなって私を子供扱いせず、対等に接してくれるようになりました。そして社運を賭けたアプリ開発を私に任せてくれて何も言わず見守ってくれたんです。それが成功して会社の利益が倍増すると、私を役員にしたいって。でも、断りました」

「せっかくのチャンスを……どうして？」

「私、会社経営より、現場での開発作業が性に合っているんです。自分が企画した物が形になっていくのって、凄く楽しいから。その後の私と彰はお互いを認め合い、友人として、そしてビジネスパートナーとして絆を強めてきた……」

しかしその話を聞いた城山さんが眉根を寄せ、首を傾げる。

「本当にそうでしょうか？　遥香さんは大杉さんと、友人として、そしてビジネスパートナーとして絆を深めてきたと言いましたが、そういう経緯で別れたふたりがそう簡単に友人になれるとは思えません」

「でも、私達は本当に……」

反論しようと口を開くも、城山さんの話は止まらない。

「友人とは、対等に親しい人のこと。そもそも、あなた達ふたりは対等ではない」

「どういうこと……ですか？」

私は手に持っていたシャンパングラスをカウンターに置き、困惑気味に城山さんを見つめた。

「大杉さんは遥香さんに償いをさせてくれと言った。つまり、あなたを傷付けてしまったことで後ろめたさを感じている。この時点でもうふたりは対等ではない」

城山さんの杓子定規な考えに唖然としてしまった。

確かに友人の定義はそうかもしれないけど、それが全てじゃないでしょ？

「本人が友人だって言ってるんですから、それでいいじゃありませんか？」

ムッとして少し強い口調で返すも、城山さんは更に持論を展開する。

「私はね、男女の間に純粋な友情など存在しないと思っているんですよ。あなた達のように別れた後も離れずにいるのは、どちらかにまだ未練があるから……」

「えっ、じゃあ、城山さんは彰がまだ私のことを……そう言いたいんですか？」

「その可能性はありますね。彼はあなたに振られた立場ですから。まだ好意を持っていても不思議ではない」

呆れた……私達が別れた後の三年間を何も知らないくせに。ちょっと話を聞いただけでよくそこまで自信満々に言えたものだ。

「それはないですよ。彰はもう私に恋愛感情なんてありませんから」

「そうですか。じゃあ、遥香さんはどうです？　大杉さんに未練はないのですか？」

予想外の質問に驚き絶句してしまった。

この人、何考えているんだろう？　別れを切り出したのは私なんだよ。未練があれば別れようなんて思わないでしょ？

「くだらない質問ですね」

「そうでしょうか？　遥香さんは自分を支配しようとしていた大杉さんが心を入れ替え人が変わったみたいに優しくなったと言いました。つまり、別れを決意した時の大杉さんではなくなったということです。そんな彼に再び魅かれた可能性もある」

まるで探偵のように人の心に探りを入れてくる城山さんに不快感と苛立ちを覚え、勢いで彰との過去を喋ってしまったことを後悔した。

紳士的な人だと思って気を許した私がバカだった。

「その可能性はありません！」

「本当に？」

「本当です！」

キッパリ否定し、ボックス席に居るマスターに今日は帰ると声をかけ、改めてピアスのお礼を言って立ち上がる。

「おや、もうお帰りですか？　もっとお話をしたかったのに、残念です」

残念か……私は今日、ここに来て城山さんと会ったことが残念でならない。そしてこんな人とも知らず、彼に見つめられてときめいていた自分が心底、許せない。

「シャンパンご馳走様です。おやすみなさい」

最低限の礼儀だと思いお礼を言ったが、本当はもう二度と会いたくないと言ってやりたかった。

「最悪だ」と呟きながら勢いよく重厚な扉を開けると、運が悪いことに外は雨。

マスターに傘を借りようかと思ったが、店に戻ればまた城山さんと顔を合わせることになる。これ以上、不愉快になるのがイヤだったのでタクシーを呼ぶことにした。

あ～ぁ、今日は最低の誕生日だったな……結局、彰からはなんの連絡もなかったし、親しくもない人に私と彰の関係を全否定された。おまけにこの雨で余計な出費だ。

階段を数段上がってスーツのポケットからスマホを取り出そうとした時、背後で扉が開く音がした。

「雨ですね……」

「し、城山さん」

「今、タクシーを呼びました。良かったら送りますよ」

その申し出を速攻で断りスマホを手にすると、横に立った城山さんが降りしきる雨を眺めながらボソッと呟く。

「それは、私を男として意識しているから……ですよね？」

「えっ？」

「遥香さんのような素敵な女性にそう思って頂けて光栄です」

彼の言葉に呆然とし、スマホのディスプレイに指を乗せたままフリーズしてしまった。

なんという自意識過剰。女は皆自分に惚れるとでも思っているんだろうか？

「随分、ご自分に自信がおありで。高級シャンパンをご馳走してくださった方にこんなことは言いたくありませんが、私は城山さんに全く興味がありません！」

激しい雨音に掻き消されぬよう声を張り上げた直後、彼が思いもよらぬ行動に出た。

凄い力で私の肩を押し、後ろの壁に体を押し付けてきたのだ。

その時、一台の車が目の前をゆっくり通り過ぎて行き、眩いライトが城山さんの端正な顔を照らし出す。同時に淡褐色の瞳がまるで宝石のようにキラリと光った。

こんな失礼なことをされているのに、吸い込まれそうな綺麗な瞳に見つめられると見惚れてしまって何も言えなくなってしまう。

「どうです？　私にこんなことをされて少しは動揺しました？」

その言葉で我に返り、慌てて城山さんの胸を押す。

「ま、まさか……動揺なんてしてません」

「そうですか。どうやらあなたは本当に私のことをなんとも思ってないようだ」

「当然です。早く放してください」

ホッと息を吐くも、城山さんはまだ諦めていなかった。

「私を意識していないのなら問題ないでしょ？　送らせてください」

「ぐっ……」

　彼は上手に私を追い詰めていく。そうこうしていると城山さんが呼んだタクシーが到着し、意地っ張りの私は彼を意識していないことを証明しようと自ら進んでタクシーに乗り込む。でも、私もまだ諦めたわけではなかった。

　雨で濡れた髪をハンカチで拭いながら城山さんの行先を確認する。するとすぐ近くのホテルに泊まっているということが分かった。名前を聞けば誰でも知っている都内でも有数の高級ホテルだ。

「私のマンションより城山さんが泊まっているホテルの方が近いですね。送ってもらったらかなり遠回りになりますし、城山さん、先に降りてください」

　そう言うと間髪入れず、タクシーの運転手に城山さんが泊まっているホテルに向かうようお願いする。

「やけに嬉しそうですね」

　城山さんが至近距離で私の顔を覗き込み、くすりと笑う。

「べ、別に……そういうわけでは……」

「でしたら、私の部屋で飲み直しませんか？」

　この期に及んでまだそんなことを……。

「冗談でしょ？」と軽く流したが、ホテルの車寄せにタクシーが停まりドアが開くと、隣から独り言のような小さな声が聞こえてきた。

「大人の女性だと思ったが、意外と幼かったな……」

「はぁ？　今、なんて言いました？」

聞き捨てならない言葉に思いっきり反応して城山さんを引き止めるも、彼は何も答えず車外に足を踏み出す。しかしもう一度尋ねるとタクシーを降りる間際、ようやく口を開いた。

「歳の割にはお若いと言ったのです。精々大杉さんと友達ごっこを楽しんでください。では、私はこれで……おやすみなさい」

友達……ごっこ？

その捨て台詞が私の怒りに火を点けた。気付いた時にはタクシーを降り、城山さんを追いかけていた。

「バカにしないでください！」

広い背中に向かって叫ぶと、足を止めた彼が不思議そうに私を見つめる。

「おや、帰ったと思ったら、まだ居たんですか」

「あんなこと言われたら帰れませんよ。友達ごっこってなんですか？」

怒り心頭の私を城山さんは気怠そうに眺め、ため息混じりに言う。

「あなたには、ごっこ遊びがお似合いってことですよ。子供は早く家に帰りなさい」

「なっ、私は子供なんかじゃありませんっ！」

ムキになって反論した直後、城山さんがニヤリと笑った。

「ほう……でしたら、子供ではないということを証明してもらいましょうか……」

そして笑顔のままホテルの玄関を指差し、自分の部屋に来る勇気はあるかと問うてきた。

男性がひとりで泊まっているホテルの部屋に行けば、その先どうなるかは容易に想像がつく。普段だったらそんな挑発に乗ることはまずない。でも、城山さんにバカにされ頭に血が上っていた私は冷静さを欠き、後先考えず「行きます」と言ってしまったのだ。

で、勢いで城山さんが泊まっているセミスイートの部屋に来たのだが、眼下に広がる夜景を眺めていると後悔の念が押し寄せてきてため息が漏れる。

私、こんな所に来て何やってるんだろう……。

でも、今更帰るとも言えず、城山さんが座っているソファから少し離れた窓際に立ち、かれこれもう三十分ほど、煌びやかな夜景を眺めちびちびとワインを飲んでいた。

「いつまで外を眺めているつもりですか?」

不意に後ろから声をかけられ顔を上げると、目の前の硝子窓に映り込んだ城山さんの顔が視界に入り、心臓がドクンと大きな音を立てる。

「緊張しているみたいですね」

見透かされていると思うとしゃくで、「緊張? 冗談でしょ?」と強がってみせるが、その声は少し上ずっていた。

すると城山さんが硝子越しに視線を合わせたまま後ろから私の肩を抱き、低い声で囁く。

「まだ少し髪が濡れてますね。寒くありませんか?」

すかさず大丈夫だと答えたが、相変わらず心臓はバクバク。ワイングラスを持つ手は小刻みに震えている。別の意味で全然大丈夫じゃない。

彼は私の震える手からグラスを奪い取ると残っていたワインを一気に飲み干し、空になったグラスを窓の膳板に静かに置いた。

「ここからは、大人の時間ですよ……」

意味深な台詞に思わず息が止まり、頬が熱を持つ。

どうしよう……私、本当に城山さんと……。

そう思った時、彼が私の体を反転させ、ゆっくり顔を近づけてきた。でも、唇が触れる寸前、突然動きを止めふわりと笑う。

「今ならまだ間に合いますが……どうしますか？」

きっとこれは、私に与えられた最後のチャンス。

それが分かっていても意地っ張りの私は彼を拒絶することができない。

「……合意ですね」

「んんっ……」

私の返事を待つことなく重なった唇。初めは軽く探るようなキスだった。柔らかい唇は私の肌の上で何度も角度を変え優しく弾む。しかし腰に添えられていた手が後頭部にまわされた直後、もどかしいほど遠慮気味だった口づけが突然大胆になり、強く押し当てられた唇から固い舌が侵入してきた。

その瞬間、理性を取り戻した私は密着した体を仰け反らせ、咥内に滑り込んだそれを押し返そうとしたのだけれど、先に舌を搦め捕られてそのまま転がすように弄ばれる。

「……今、逃げようとしましたね？」

熱い吐息と共に吐き出された言葉がプライドを刺激し、更に私を頑なにしていった。

ここで逃げたら、また城山さんに子供だと笑われてしまう。

瞬時に開き直った私は冷静に大人の女を演じ、さっき彼が私にしたのと同じように後頭部を両手で抱え余裕の笑みを向けた。そしてつま先を立て自ら唇を重ねる。

「まさか……ここまで来て拒否するなんて、そんなルール違反はしない。楽しみましょ？」

でも、全ての迷いが消えたわけではなかった。心の中にはまだ罪悪感がしっかり残っている。けれど、薄目を開け、彼の淡褐色の瞳が視界に入った途端、全身が甘い痺れに包まれていくのを感じ、胸の中で熱い情火が燃え上がった。

これは愛のないキス。なのに、どうしてこんなに心がザワつくの？

しかしキスが深く激しくなるにつれ、そんな疑問は綺麗さっぱり消え失せ高ぶる感情を抑えることができなくなる。

「積極的ですね。本気で遥香さんのことが欲しくなってきました」

「私も……」

キスで堕とされた私は欲望の赴くまま彼に身を委ねた――。

翌日、出社すると後輩の水森が擦り寄ってきてニヤリと笑う。

「桜宮主任、昨日はお泊まりだったんですか？」

「な、何よ？　いきなり……」

「だって、昨日と同じスーツ着てるし。彼氏が居ないなんて嘘ですよね？」

なんと目ざとい後輩だろう。確かに私が着ているスーツは昨日と同じもの。

昨夜、城山さんに抱かれた後、つい眠ってしまい気付けば朝。出社時間が迫っていたので自宅に帰る時間がなくそのまま会社に来たのだが、まさかそこを指摘されるとは思ってもいなかった。

そしてもうひとり。目ざとい人物が居た。

社内チャットで呼び出され社長室に行くと、彰がいきなりスーツのことに触れ、訝しげな顔をする。

「お前、今日はメイクも雑だぞ。なんかあったのか？」

「そ、それは……昨日、フォーシーズンで飲み過ぎて……マンションに帰ってすぐスーツ着たまま寝ちゃったのよ。で、今朝起きたら大寝坊。だから着替えもメイクもできなかったの。そんなことより、フレンチはどうなったの？　連絡くらいしてよね」

「あ、そうそう、そのことで遥香を呼んだんだよ」

彰はバツが悪そうに苦笑いをし、近いうちに必ず埋め合わせをするからと顔の前で手を合わせる。

その様子を見てなんとか誤魔化せたなと安堵の息を吐くも、そんな自分に妙な違和感を覚えた。

私、どうしてこんなに必死になっているんだろう。別に悪いことをしたわけじゃないのだから隠す必要なんてないのに。現に彰には、今まで男性絡みのことも全て包み隠さず話してきたし、そうするのが当然だと思っていた。

でも、城山さんのことは……彼に抱かれたということだけは、絶対に知られたくないと思っている。

彰と別れて三年、初めて彼に秘密ができたな……。

社長室を出ると後ろめたさを感じ、ちょっぴり胸が痛んだ。が、同時に昨夜の城山さんとの情事が思い出され、その痛みを遥かに上回る甘い余韻が胸に広がる。

今朝、私が目覚めた時彼はまだぐっすり眠っていて、朝日を受けたその美しい寝顔が妙に愛しく思えた。

もしかして……これが、恋？　私、初めて本気で男性を好きになったの？

思えば、フォーシーズンで初めて城山さんと目が合った時から私は彼のことを強く意識していた。美しい瞳に見つめられてドキッとしたし、低音ボイスで名前を呼ばれただけであり得ないくらい動揺した。抱かれた時もそう……酷いことを言われて引き下がれなかったというのもあるけど、ああなることが分かっていてホテルの部屋に行くと決めたのは私自身。もしかしたら、自分でも気付かぬ心の奥底で彼に抱かれることを望んでいたのかもしれない……。

その日の仕事終わり、私の足は自然にフォーシーズンに向かっていた。逸る気持ちを抑え重厚な扉を開けるも、カウンターに城山さんの姿はなく、閉店まで粘ったが彼は現れなかった。

翌日も、翌々日もフォーシーズンに行ったけれど、城山さんには会えなかった。

今日も来なかったな……。

カウンター内で閉店の準備を始めたマスターを眺めたため息をつく。

ここに来れば城山さんに会えると思っていたから、連絡先を聞くことなく慌ててホテルの部屋を飛び出して来たけど、こんなことならちゃんと聞いておくんだった。

後悔しつつマスターに城山さんのことを尋ねるも、連絡先などは聞いていないそうで「城山さんをここに連れて来たフィールデザイン事務所の黒澤君に聞いてみれば?」と返される。

黒澤社長か……最近、すっかりご無沙汰の私がいきなり電話をして城山さんの連絡先を教えてくれと言ったらどう思うだろう。それに、黒澤社長は私より彰と親しい。たとえ城山さんの連絡先を聞いたことを口止めしたとしても、もし何かの拍子に彰に喋ってしまったら……。

「あ、そうだ。連絡先を交換していた彰に聞けばいいんじゃない?」

マスターの言う通りだ。でも、それができないから困っているんだよね……。一番手っ取り早いのは、あのホテルへ行くこと。でも、自分から積極的に会いに行く勇気がなく、できれば偶然また会ったという流れにしたかった。

しかしその後も城山さんには会えず、彼のことを考えると夜も眠れない状態が続く。瞼を瞑れば、綺麗な淡褐色の瞳が浮かび、激しく私を求めた彼の息遣いが聞こえてくるようで余計に眠れなくなる。

私はこの焦れるような感情をどうコントロールしていいのか分からず、戸惑いの日々を送っていた。

そして城山さんと会えなくなって一週間が経った時、とうとう我慢できなくなり、意を決して彼が泊まっているホテルに向かった。しかしフロントで確認すると城山さんは既にチェックアウトした後で行方は分からずじまい。

こうなったら仕方ない。黒澤社長に聞くしかないか……。

そう思いスマホを手にしたのだけれど、黒澤社長の名前をタップしようとした時、あることに気付き、ハッとした。

もしかして、私……避けられてる？

スマホを持ったままポカンと口を開け、ホテルのロビーで棒立ちになる。

あ、そういうことか……。城山さんにとってあの夜の出来事はただの遊び。ワンナイトラブだったんだ。大人の女性ということに拘っていたのは、後腐れのない割り切った関係が良かったから。つまり、本気ではなかったってこと。私は彼に遊ばれたんだ。そんなことにも気付かず、毎日のようにフォーシーズンに通い城山さんが来るのを待ち続けていたなんて……私ってホント、バカ。救いようのない大バカだ。

自分に怒りを覚えたのと同時に、軽い気持ちで私を抱いた城山さんに対しても憤る。

「城山さんって……最低。もう顔も見たくない」

2　悪夢のような再会

――一ヶ月後、アメイズ社内。

年末年始の休みから一週間が経ち、長期休暇の余韻で気持ちが緩んでいた一部の社員もようやく落ち着いてきたようだ。そして私も、やっと城山さんのことを吹っ切ることができたように思う。

ホテルで城山さんの気持ちに気付いてから私はフォーシーズンに行っていない。

もう彼はフォーシーズンには来ないだろう。そう思ったが、万が一ということもある。私のプライドをズタズタにした城山さんには二度と会いたくなかったのだ。

「――では、朝礼を始めます」

社長室から出て来た彰の声がオフィスに響き渡り、社員全員が立ち上がる。

それは見慣れた朝の風景。またいつも通りの日常が始まる。そう思ったのだが……。

「突然で申し訳ないが、皆に報告しなければならないことがある」

真剣な表情の彰が軽く咳払いをした後、驚きの言葉を口にした。

「私、大杉彰はアメイズを売却し、社長職を退くことにした」

えっ……？

一瞬、オフィスは水を打ったようにシンと静まり返り、誰もが驚愕の表情で彰を見つめている。私も予期せぬ言葉に愕然としたが、すぐに彰のブラックジョークだと思い冷笑を浮かべた。

やれやれ、彰ったら朝っぱらから何言ってるの？

しかし彰は表情を変えることなく、バイオ関係の仕事をすることになったのだと淡々と続ける。その事業を立ち上げるにはかなりの資金が必要になるので、資金確保の為にアメイズを売却するのだと……。

「既にアメイズを引き継いでくれる人物と、経営権など諸々の契約は済ませている。明日からはその人物がアメイズの社長だ」

嘘……冗談じゃなかったの？　てか、明日って……そんな急に？

周りの社員からは不安や不満の声が上がり、動揺して泣き出す女性社員も居た。

「皆、落ち着いて聞いてくれ。代わるのは社長だけ。アメイズは何も変わらない。今手掛けている仕事はそのままで待遇などの変更もないし、もちろん社員の解雇などということは絶対にないから安心してくれ」

彰は、それが会社を売却する時の条件なのだと動揺する社員を宥める。そして新社長はとても優秀な人物でアメイズを更に発展させてくれるだろうと満面の笑みだ。

彰の言葉を聞き社員の間に安堵の空気が流れるも、私はどうしても納得いかず、朝礼が終わると社長室に直行して不満をぶちまける。

「アメイズを売却するってどういうこと？　私、何も聞いていないよ！」

そう、私は売却云々より、彰がそんな大事なことを自分になんの相談もなく決めてしまったことに憤慨していたのだ。

「どうして決まる前に言ってくれなかったの？」

取り乱しデスクを叩くと彰はバツが悪そうに微苦笑する。

「遥香に相談したら反対されると思ったからだよ」

確かに、フォーシーズンで初めてバイオ関係の仕事がしたいって聞いた時は速攻で反対したよ。でも、ちゃんと相談してくれたら、私だって……。

「酷いよ。勝手に全部ひとりで決めちゃって」

「うーん……お前に相談しなかったのは悪かったが、売却相手がどうしても社員には口外しないでくれって言うから……」

シュンと項垂れる彰を見ているとなんだか可哀想になってきた。それに、彰を責めたところでもう契約済みなのだからどうしようもない。

「バイオ関係の仕事がしたいだなんて冗談だと思ってた。本気だったんだね」

「当たり前だ。俺はいつだって本気だよ」

「そっか……彰が新しい事業で頑張るなら私も会社立ち上げに付き合ってあげる。ふたりで一から頑張ろ？」

当然、彰から一緒に来てくれと言われると思っていた。

「あぁ……そのことなんだが、新しい会社には遥香は連れて行けないんだ」

「えっ？　どうして？」

詰め寄る私の顔を見上げ、彰が申し訳なさそうに眉を下げる。

「会社売却にあたり、会社の社員はそのまま引き継ぐ、引き抜きはしないって条件を呑んでの契約だから、お前を連れて行くことはできないんだよ」

「そんな……」

「そういうことだから……悪いな」

彰の素っ気ない態度にショックを受け、何も言えなくなってしまった。

私達の関係はそんな軽いものだったの……？

——翌日。

昨日、納得いかなかった私はもう一度、彰と話そうと仕事終わりに声をかけた。しかし彰はアメイズを売却した人物と会う約束をしているからと慌てて帰って行き、私のことなど眼中にないって感じだった。

時間が経つにつれ強くなる喪失感が胸を締めつけ、どんより落ち込んでいると後輩の水森が話しかけてくる。

「桜宮主任、ビールの銘柄でリクエストとかあります?」

「……特にない」

彰が会社を去ることになり、急遽、今日の仕事終わりに会社で慰労会が行われることになったのだ。水森は幹事を任され妙に張り切っている。

「もぉ～桜宮主任、元気出してくださいよ。大杉社長とお別れするのは寂しいですけど、大杉社長も自分の夢を実現する為のスタートなんですから応援してあげないと」

そんなの言われなくても分かってる。分かっているけど……。

「それに、今日の慰労会には新社長もおみえになるそうですよ」

「えっ……そうなの?」

「はい、さっき大杉社長にお酒の希望を聞きに行った時、そう言ってました。新社長ってすっごいイケメンらしいですよ。ふふっ、楽しみですね」

なるほど。水森が浮かれている理由はそれか。

そして業務が終了し、慰労会が行われる社食に移動しようと立ち上がった時だった。彰から呼び出しのチャットが入る。

まだ昨日のショックから立ち直れず意気消沈していた私は伏し目がちに社長室のドアを押した。

「……失礼します」

珍しくドア近くで出迎えてくれた彰が「おっ、来たな」と私の腕を引っ張り部屋奥のデスクを指差す。

「慰労会の前に新社長を遥香に紹介しておきたくてな」

えっ……新社長？

その言葉に反応して顔を上げた瞬間、放心して完全にフリーズしてしまった。

嘘……でしょ？

社長のデスクに座っていたのは、高級そうなスーツを身に着け、ブルネット系の艶やかな黒髪を綺麗に後ろに流した品のいい男性。

私を抱いた後、姿を消したあの男だった。

「城山……さん」

「お久しぶりです。遥香さん。今日から私がアメイズの社長です。どうぞ宜しく」

あんなことをしておいて、何が宜しくよ！

何事もなかったように微笑む城山さんを睨みつけ、横に立つ彰にこれはどういうことだと問い質すと意外な答えが返ってきた。

「城山さんとは、フォーシーズンで会った後、何度か連絡を取り合ってお互いの仕事のことを相談していたんだ」

「連絡を取り合ってた……？」

一瞬、城山さんが私とのことを彰に話したのではと焦ったが、彰の様子から見て何も知らないようだ。

そうだよね。彰と親しい私を遊びで抱いたなんて言えないよね。

「新しい会社の事業資金をどうするか思案していた時、ふと城山さんの顔が浮かんでな。ダメ元で起業をするならアメイズを買い取ってくれないかって頼んだら快く承諾してくれたんだ」

ふたりが密に連絡を取り合いそんな相談をしていたなんて全然知らなかった。

「最悪だ……」

「んっ？　なんか言ったか？」

「別に……ただ、私は城山さんの元で仕事をする気はありませんので……」

その発言に驚いたのは彰だ。なぜ会社を辞める必要があるのだと私に詰め寄って来る。一方、城山さんはというと、表情を変えることなく涼しい顔で手元の資料を眺めていた。が、顔を上げると呆れたようにため息を漏らす。

「随分、無責任ですね」

「無責任？　私が？」

「そうです。遥香さんが担当している仕事は最終段階に入っている。今が一番大事な時だ。それを放り出して会社を去るというのは、どう考えても無責任でしょ？　そうは思いませんか？」

「なっ……」

ど正論を突きつけられぐうの音も出ない。でも、城山さんは私を避けていたはず。どうして引き止めるの？

彼の本心を確かめたかったけれど、彰の前ではそれもできず唇を噛む。すると彰がとんでもないことを言い出した。

「城山さんはな、遥香の今までの実績を高く評価しているんだ。で、自分の補佐役になって欲しいと言っている」

「わ、私が城山さんの補佐役ですって？」

「ああ、既存の会社の社長になるってことは色々大変なんだよ。現在進行中の業務を全て把握して更に新しい事業にも取り組まなければならない。その為には働いている社員との意思疎通が何より重要だ。遥香には、城山さんと社員の架け橋になってもらいたい」

彰ったら、私の気持ちも知らないで勝手なことばっかり。

「私が古参社員だから適任だと？」

吐き捨てるように言うと城山さんが立ちあがり、微笑みながらゆっくり近づいて来る。

「もちろんそれもありますが、一番の理由は、あなたと私が顔見知りだから……気心が知れた遥香さんなら私も安心です」

気心どころか、私の全てを知ってるくせに。

とにかく補佐役だけは断ろうとしたのだが、慰労会の時間が迫っていたのでこの話はまた後でということになり、渋々社長室を出た。

慰労会が行われる我が社の社食は、一般的な社食とはかなり雰囲気が違う。

ドアを開ければ、そこはお洒落なカフェ。ビュッフェスタイルのオリジナルメニューはどれも絶品で、ランチだけではなく午後六時までならいつでも利用ができるようになっている。友人やクライアントを招待して打ち合わせなども可能だ。

社食のシェフが気合いを入れて作ってくれた色とりどりの料理が並ぶ中、彰の挨拶で慰労会が始まる。続いて新社長の城山さんが紹介されると、ほぼ全ての女性社員が彼に熱い眼差しを向けていた。

ハーフで眉目秀麗というだけでもかなりポイントが高いのに、物腰が柔らかく優しい口調の城山さんは一瞬にして女性社員の注目の的だ。そんな状況で城山さんが「桜宮主任が私の補佐をすることになりました」なんて言うものだから、殺気立った視線が私に集中する。

えっ……その話はまだ保留でしょ？

しかし城山さんはご丁寧に辞令まで用意していて「これが初めての社長命令です。受けてくれますね？」と穏やかな笑顔で権力を振りかざす。

やられた……後で話をするなんて嘘。初めから皆の前で辞令を渡して逃げられないようにする気だったんだ。でも、城山さんだって私に関わりたくないはずなのに……

彼はいったい何を考えているんだろう。

女性社員に囲まれている城山さんを困惑気味に眺めていると、いつの間にか隣に居た彰が笑顔でワイングラスを差し出してきた。

「私のこと騙したんだね」

横目で睨み愚痴るも彰は飄々と笑っている。

「そう怒るな。ああでもしないとお前は補佐役を引き受けなかっただろ？　城山さんはいい人だ。フォローしてやってくれ」

反論しようと思ったが、一転、寂しそうに俯く彰にアメイズの為だと言われると何も言えなくなってしまう。

「遥香……アメイズを頼む」

その哀愁を帯びた瞳を見た瞬間、会社を大きくしようと頑張ってきた彰の思いが胸に去来し、目頭が熱くなった。

こんな形で彰と離れることになるなんて……でも、私達の関係が終わったわけじゃないから……。

「彰……私達、これからもずっと友達だからね」

彰がアメイズを去って三日が経った。だが、社内はまだどこか浮足立っている。

そして私も彰が居なくなったという現実を受け入れられずに居た。しかし新社長の城山さんだけは私の架け橋など必要ないのではと思うほど、アメイズに馴染んでいた。

少しでも時間があれば、社員に気さくに声をかけて意見を聞いたりアドバイスをしたりとコミュニケーションを大切にしている。その方針はランチの時でも変わらない。昼休みになり社食に行くと、数人の女性社員の中に城山さんの姿を見つけた。

あ、水森も居る。見つかったら厄介だ。

仕事以外で彼に関わりたくなかったので気付かないふりをして離れたテーブルに腰を下ろしたのだが、直後、背後から城山さんの声がする。

「桜宮主任、あなたもここに来て意見を聞かせてください」

あぁ……見つかっちゃった。

「いえ、私は特に意見はありませんので……」

やんわり断るも、お節介な水森が駆け寄って来てしつこく誘ってくる。

「いいじゃないですか。一緒にランチしましょうよ～」

根負けして渋々その輪の中に入ると、対面に座る女性社員がうっとりした顔で城山さんを見つめ「は～っ……」と熱い息を吐いた。

「城山社長の瞳、綺麗ですね……見つめられるとドキドキしちゃう」

その言葉に反応した水森が「城山社長の瞳の色って、ヘーゼルですよね？」と上目遣いで尋ねる。

水森の説明によると、ヘーゼルとは、ダークグリーンとライトブラウンの中間色で、着ている服や光の加減で複雑に色が変化する欧米やヨーロッパに多い目の色なのだと。

「おや、水森さん、よくご存じで」

城山さんがニッコリ笑うと、そこから話題は彼のプライベートへとシフトしていく。

今時の若い娘は相手が社長でも遠慮がない。城山さんに「彼女は居るんですか？」と突っ込んだ質問を平気でしている。

「付き合っている女性は居ませんよ」

その答えに女性社員達は手を叩いて大喜び。でも、私はなぜか胸がチクリと痛んだ。

「じゃあ、彼女居ない歴は？」

「うーん……半年ってところでしょうか」

矢継ぎ早に飛んでくる質問に城山さんはイヤな顔ひとつせず即答していた。でも、水森が好きな女性のタイプを聞いた時、答えるまでに微妙な間があった。

「そうですねぇ、一見、ツンとした意地っ張り。だが、根は可愛い女性……」

そう言った後、彼は妖艶な笑みを浮かべ「大人のふりをして強がっている女性もいいですね」と言ったのだ。

それは間違いなく私に向けて言った言葉。彼はこの娘達の質問に答えるふりをして私をからかっているんだ。城山さんが好きなのは、後腐れのない大人の女性だもの。

城山さんに分かるようにわざと不快な顔をして席を立つ。

どうしてこんなイヤな思いさせられなきゃいけないの？　もう城山さんと関わりたくない！

そう思ったが、昼休みが終わるとすぐ城山さんから【至急、社長室に来てください】というチャットが届く。

まだ怒りが収まっていなかったので【今、手が離せません】と断りのメッセージを打ち込んだのだが、送信する直前、指が止まった。

どんなに憎い相手でも今、彼は私の上司。アメイズの社長だ。仕事では逆らえない。

仕方なく社長室に向かいドアをノックしながら『彼の挑発に乗ってはいけない』と心の中で三回唱え、ノブをまわす。

「……急用でしょうか？」

デスクの前に立ち探るように尋ねると、今、彰が懇意にしていた野村産業の社長から電話があったのだと。

「大杉さんからアメイズの社長交代の話を聞いたそうで、挨拶したいので今から会えないかと言われましてね。一時間後に会う約束をしたんですが……」

野村産業の社長の好みを知らない城山さんは、手土産を何にするかで迷っていた。

「お勧めがあれば教えてもらえませんか？」

野村産業の社長の人となりは彰から聞いていた。

「あぁ、それでしたらバーボンはどうでしょう。野村産業の社長は無類のお酒好きですから喜ばれると思いますよ。特にバッファロートレースのブラントンがお好きだと聞いています」

「そうですか。助かりました。ありがとう」

「いえ、もし宜しければ、近くに洋酒の専門店がありますので買ってきましょうか？」

これも補佐役の仕事だろうと思いそう言ったのに、彼はまた神経を逆撫でするようなことを言う。

「やけに親切ですね。さっきは私を怖い顔で睨んでいたのに……」

「それは……城山社長が私をバカにするようなことを言ったからです。大人のふりをして強がっている女性が好みだなんて……あれは私をからかう為に言った嘘。そうですよね？」

「おや、おかしなことを言いますね。あなたは立派な大人の女性でしょ？　自分でそう言っていたじゃありませんか。あっ、もしかして……本当は大人のふりをして強がっていたとか？」

　そんな風に言われたら返す言葉がない。城山さんは人を追い詰める天才だ。

「まさか……」

「そうですよね。あ、それともうひとつ。女性社員の前でこんなことを言ったらセクハラだと思われそうだったので控えましたが、私の好みのタイプは体の相性がいい女性です」

「か、から……だ？」

　思いもよらぬ言葉に動揺し、一歩、二歩と後退る。

「そうです。どんなに素敵な女性でも体の相性が悪ければ長くは続かない。女性もそうじゃありませんか？　相性の悪い男とまた寝たいとは思わないでしょ？」

「あ、えっ、それは……」

答えに困り口籠ると、立ち上がった城山さんが笑みを含んだ目で私を捉え近づいてくる。そしてすれ違いざま、艶っぽい声で囁いた。

「遥香さんとの体の相性は……抜群に良かった」

……えっ？

一瞬、放心して大きく目を見開く。が、すぐに振り返り彼の背中に戸惑いの視線を向けた。

そんなはずはない。一度抱けば十分だと思ったから私を避けていたんでしょ？

その疑問を声にしようとした時、振り向いた城山さんが先に口を開く。

「バーボンは私が買ってきます。桜宮主任は仕事に戻ってください。あ、それと、私の気持ちは分かってもらえましたよね？　考えておいてください」

えっ、城山さんの気持ち？　考えるって何を？

城山さんが出て行ったドアを見つめ首を傾げるも、数秒後「あっ！」と声を上げた。

「もしかして……遊び相手として私を誘惑しているの？」

城山さんは恋愛感情抜きで体だけの関係を求めている。彼は私にセフレになれと言っているんだ。

「最悪……」

軽い女だと思われていたことが悔しくて堪らない。でも、それ以上に求められているのが体だけだと思うと悲しくて胸が張り裂けそうになる。

私って、こんなに未練たらしい女だったんだ……。

それからは以前にも増して城山さんを避けるようになっていた。もちろん補佐役だから完全に彼を遠ざけることはできないけれど、仕事以外ではなるべく口を利かず、関わりを持たないよう意識していたのだ。

でも、城山さんに言われた『遥香さんとの体の相性は……抜群に良かった』という言葉を思い出す度、体の芯がじんわり熱くなり、無意識に彼の姿を探してしまう。

実を言うと、彼に抱かれた時、私も同じことを思っていた。

——城山さんとの体の相性は、最高……。

彼との情事は今まで関係を持ったどの男性よりも刺激的で、私は初めて陶酔するような甘くて深い快感を味わった。そこから先は羞恥など微塵も感じなくなり、大胆に、そして激しく乱れた。

私は彼に抱かれたことで自分の中に眠るもうひとりの〝女〟を発見したのだ。

でも、だからと言って体だけの関係を受け入れることはできない。

セフレなんて絶対にイヤ！　私が真に求めているのは一時の快楽ではなく精神的な

繋がりなのだから。

——数日後。

仕事を終えオフィスを出ようと歩き出すも、社長室のドアの前で歩みが止まる。

顔も見たくない人なのに、気になってしょうがない。

そんな自分に苛立ちを覚えドアから目を逸らそうとした時、そのドアが突然開いて出て来た城山さんと目が合った。

うわっ！　ビックリした。

赤くなった頬を隠すように下を向き歩き出したのだが、彼に呼び止められ仕方なく足を止める。

「桜宮主任、ちょうど良かった。少し付き合ってください」

「あの……もう終業時刻は過ぎていますが……」

「そう言わず、大切な仕事です」

仕事と言われたら断れない。今度は諦めの息を吐き、仕事の内容を確認する。

「今、先日お会いした野村産業の社長から電話がありましてね。食事に誘われたんですよ。で、桜宮主任も是非ご一緒にということでした」

「私も……ですか？」

野村産業の社長は、初対面の城山さんが自分の好きな銘柄のバーボンを持参したことに驚き、チョイスした理由を聞いたそうだ。

「それで、桜宮主任のことを話すと、野村産業の社長は大杉さんからも桜宮主任のことは聞いている。一度会ってみたいとおっしゃってね」

しかしその時は野村産業の社長のスケジュールの調整ができず、時間ができたら連絡すると言っていたらしい。

「今からなら時間が取れるということでした。会社の為にも一緒に来て頂きたいのですが……」

野村産業の社長は彰がアメイズを立ち上げた時からの上得意だ。会社の利益を考えると無下に断ることはできない。

渋々城山さんに同行し、野村産業の社長と待ち合わせをしている代官山《だいかんやま》のフレンチレストランへと向かうと、先に到着していた野村産業の社長がＶＩＰ用の個室で私達を待ち構えていた。

初めは仕事の話をしながら普段はなかなか食べられない高級素材を使った料理を堪能していたのだが、時間が経つにつれ和やかな雰囲気になってきた。

野村産業の社長はとても気さくな人で私が知らないアメイズの創業当時のことや彰の失敗談を面白おかしく話してくれる。そしてちょっと品のない下ネタも少々。

「実はね、私は大杉君に何度も桜宮さんに会わせて欲しいとお願いしていたんだよ。しかしその度、大杉君に断られていたんだ。どうして会わせてくれないのか不思議に思っていたが、今日、君に会ってその理由が分かったような気がする」

その理由とやらを聞くと社長は「酔っぱらいのおっさんに桜宮さんを会わせたくなかったんだろう」と豪快に笑う。

あぁ……そういうことか。社長には言えないけど、確かに彰は社長のことを飲んだくれのエロじじいだとか、セクハラが服を着たようなおっさんだと言っていた。

口では「そんなことありませんよ」と言いつつ苦笑いすると、社長はまた声を上げて笑い、城山さんに「そんなことあるよな？　皆思うことは一緒だ」と同意を求める。

私にはズケズケものを言う城山さんでも、さすがに大事なクライアントの社長にはそうだとは言えないようで、私と同様、やんわり否定して苦笑していた。

そしてラストのデザートを食べ終えると城山さんと社長がまた仕事の話を始めたの

で私は少し酔いを醒まそうとトイレに立つ。

「ふーっ……ちょっと飲み過ぎちゃったかな」

ふたりを待たせてはいけないと手早くメイクを直してトイレから出たのだが、その時、こちらに向かって歩いて来る社長の姿が見えた。軽く会釈をしてご馳走になったお礼を言うと、なぜか社長がニンマリ笑う。

「ここだけの話だが……本当はね、桜宮さんを連れてきてくれと頼んだ時、城山君にも断られたんだよ」

「城山が……ですか？」

「大事な社員を酒の席には連れて行けないとね。おそらく大杉君に私のことを聞いていたんだろう」

「城山は、大杉から何を？」

「大杉君には、私が酔って女の子を口説くところを散々見られていたからね。その話を聞いた城山君も危険人物だと思ったんじゃないかな？」

社長は銀座のクラブでホステスさんを押し倒し、無理やりキスをして店を出禁になったことがあったそうだ。それも一度や二度ではないらしい。

「飲んでいる時に綺麗な女性を見ると無性にキスしたくなるんだよ」

ヤバ……キス魔だ。

「しかし大杉君が、アメイズにとっても自分にとっても欠かせない存在だと絶賛していた桜宮さんにどうしても会いたくてね。城山君にしつこく頼んだら、酒を飲まないと約束してくれるなら……とようやく承諾してくれたんだ」

あ……だから社長はワインも飲まなかったんだ。

そして社長は私を見つめ意味深なことを言う。

「城山君にとっても、桜宮さんは大切な存在のようだ」

「そ、そんなことありません」

慌てて否定するも、社長は大きく首を振る。

「考えてみたまえ。まだ信頼関係が築かれていない状態で私の申し出を断れば、どうなるか……気分を害した私はアメイズとの取引をやめるかもしれない。そんなリスクを負っても城山君は君に不快な思いをさせたくないと思った……」

社長は「愛だねぇ～」といたく感激していたが、私はそんな風には思えなかった。

きっと、城山さんは私じゃなくてもそうしていた。私が特別というわけじゃない。

それから三十分後、レストランを出て社長を見送ると城山さんに挨拶をして歩き出す。

　ここからなら駅も近いし、電車で帰ろう。

　そう思ったのだが、後ろから「送るよ」という声がする。

　振り返ることなく「結構です」と言って再び歩き出した時のこと。革靴の足音が近づいてきて腕を掴まれた。

「時間外労働をしてもらいましたからね。今回はちゃんと自宅まで送り届けます」

　親切そうなことを言って、今度は私の部屋に上がり込むつもり？

「それに、あなたからまだ返事を聞いていませんでしたし……」

　返事？　あっ、そうか。セフレのことを言っているんだ。

「その件でしたら、お断りします」

「断る？」

「そうです。城山社長ほどの人でしたら、セフレになってくれる女性はいくらでも居るんじゃないんですか？　私を巻き込まないでください」

　低く怒鳴り彼の手を振り払おうとしたが、その手は更に強く私の腕を掴み強引に引き寄せられる。

「いつ俺がセフレになれと言った？」

えっ……俺？

仕事以外でも自分のことを〝私〟と呼び、常に敬語だった城山さんが突然〝俺〟だなんて言葉を使ったものだから、呆気に取られてしまった。

「答えろ」

「そ、それは……体の相性がいいって……だから、それだけが目的だと……」

しどろもどろで答えると城山さんは私の腕を放し、呆れたようにふっと笑う。

「勘違いにもほどがある。俺は真剣にハルと付き合いたいと思っていたんだぞ」

ハルと呼ばれたことに驚いたが、それより真剣に付き合いたいという言葉に愕然とした。

「俺は遊びで女を抱いたことなど一度もない。ハルに惚れたから抱いたんだ」

「えっ……」

胸の中でドクンと大きな音がして抑え込んでいた感情が溢れ出す。が、これも女を落とす時の手なのかもしれないと疑い身構えた。

「嘘……そんなの嘘に決まってる」

「ハル……」

「ハルなんて呼ばないで！」

人目も気にせず叫ぶと伸びてきた手を振り払い夢中で駆け出す。

城山さんが私を好きだなんて……信じない。絶対に信じない……。

一度傷付いた心は、思っていた以上に臆病になっていた。


——翌日。

「桜宮主任、おはようございま……げっ！　どうしたんですか？　その顔？」

出社してきた水森が恐ろしいものでも見たような顔で大きく仰け反る。

水森が驚くのも無理はない。私も朝起きて鏡に映った自分の顔を見た瞬間、驚きのあまり暫く動けなかった。

昨夜、マンションに帰った後も城山さんに言われた言葉が頭から離れず、彼のことばかり考えていた。

もしかしたら、本当に城山さんは真剣に私と付き合いたいと思っているのでは……

いや、騙されてはいけない。彼の目的は体だ。手軽に遊べる女を探しているだけ。

そんなことを延々と考えていたら眠れず、冷蔵庫にたんまりあったビールをしこたま飲んでしまった。で、酔い潰れた私は空になった缶を握り締めたままメイクも落とさず眠ってしまったのだ。その結果、浮腫んでパンパンになった自分の顔と対面することになる。

「……ちょっと飲み過ぎちゃったのよ。それより、もうちょっと声のトーン下げてくれる？　水森の声って頭に響くんだよね……」

しかし強烈な二日酔いよりも私を悩ませていたのは、城山さんへの接し方だ。

昨夜のことが気まずくて、呼び出されたらどうしようとビクビクしていた。

しかし昼近くになっても彼からの呼び出しはなく、オフィス内で姿を見ることもなかった。

「城山社長、今日は社長室に籠りっきりだね」

ボソッと呟くと、前に座っている男性社員がキーボードを打つ手を止め、不思議そうな顔をする。

「城山社長でしたら、出張で名古屋《なごや》に行きましたよ」

「えっ、そうなの？」

「はい、さっき社を出て行く社長とばったり会って、今から名古屋へ行くって……なんでも名古屋の私立高校がＶＲを活用した授業を検討しているそうで、詳しい話を聞きたいって電話があったみたいですよ」

「そうなんだ……」

「あれ？　桜宮主任、城山社長の補佐役なのに知らなかったんですか？」

隣から茶々を入れてくる水森の頭をポコンと叩き「私はあくまでも補佐で秘書じゃないの！」と気にしていないふりをしたけど、心はザワついていた。

昨日のことを怒っているのかもしれない。だから補佐役の私に何も言わず出張に行ったんだ。

あんなに思いっきり拒否しておいて避けられていると思うと動揺してしまう。自分で自分の気持ちが分からない。


結局、城山さんは直帰になったようだ。

そのことを終礼で知った私は無性に寂しくなる。

今までは何かあると補佐役の私に連絡が入り、私から専務に伝えていたのに、今回は専務に直接電話をしている。やっぱり城山さんは私を避けているんだ。

それを望んでいたはずなのに、どうしてこんなに寂しいんだろう。

鬱々とした気持ちで会社が入っているビルを出るとポケットの中でスマホが震えた。

電話の相手は、私が以前勤めていた大手食品会社でお世話になった先輩、山本《やまもと》香澄《かすみ》さんだ。

香澄先輩とは、会社を辞めた後も時々食事をしたり飲みに行ったりしている。

今日はたまたま仕事でこの近くまで来たらしく、久しぶりに一緒にご飯を食べようとお誘いを受けたのだ。

待ち合わせをしたカフェに行くと窓際の席に座っていた香澄先輩が読んでいた文庫本を閉じ、微笑みながら私を手招きする。その笑顔を見た瞬間、気持ちが緩み泣きそうになった。だけど、こんな所で泣くわけにはいかない。なので努めて明るく振舞っていたのだが、私のことをよく知る香澄先輩には全てお見通しだったようで……。

「ねぇ、なんかあった？」

「えっ？」

「桜宮がテンション高く喋りまくる時は何かあった時。でしょ？」

長い付き合いの香澄先輩には隠し事はできないようだ。

観念してコクリと頷く。

「実は、男性のことで悩んでいて……」

「えっ？　男性？」

香澄先輩は驚いたように数回瞬きをすると、その目を大きく見開き私を凝視した。

先輩が過剰に反応したのにはわけがある。彼女は私が本気で男性を好きになれない理由を知っていて、三年前、彰との恋愛で悩んでいた時も相談に乗ってくれていた。

そして彰と別れた方がいいか迷っていた私の背中を押してくれた人。

「もしかして……好きな人ができたの？」

興奮気味に身を乗り出す先輩から目を逸らし、膝の上の手をギュッと握り締める。

「それが……」

私は城山さんとのことを包み隠さず話した後、ため息混じりに「どうしていいか分からない」と弱音を吐いた。

その言葉を聞いた香澄先輩が意味有り気にニヤリと笑う。

「今まで感じたことのないヒリヒリとした胸の痛みの正体はね……恋だよ」

やっぱりそうか……。

「桜宮は城山さんのことを本気で好きになったけど、まだ彼を信じきれてないから真剣に付き合いたいと言われても遊ばれて捨てられるんじゃないかと思って心にブレーキをかけている。そうでしょ？」

その通りだ。城山さんを好きだと認めた後に彼が本気じゃないと分かったらと思うと怖くて……だから付き合いたいと言われた時もその言葉が信じられず、一歩踏み出す勇気が出なかった。

「桜宮は年相応に男性経験はあるけど、本当の恋をしたことがないから恋愛に関しては中学生以下。やっと恋というものを知ってスタートラインに立ったたって感じだね」

笑顔で結構キツいことを言う香澄先輩を微妙な表情で見つめていると、先輩が急に真顔になり諭すように言う。

「いい？ せっかくスタートラインに立ったんだから、このチャンスを逃しちゃダメ！」

そして今素直にならなかったら私は本当の恋愛を知らないままヨボヨボのおばあちゃんになって一生を終える……だなんて恐ろしいことを言って脅してくる。

「私は桜宮にそんな寂しい人生を送ってもらいたくないの。好きな人が傍に居るって、凄く幸せなことなんだよ」

幸せか……新婚の香澄先輩が言うと説得力がある。

「でも、素直になったとしても幸せになれるとは限りませんよ」

私は城山さんの全てを知っているわけじゃないし、先輩に至っては彼に会ったことすらない。

「もしかしたら凄い遊び人かもしれないのに……それでも香澄先輩は私に素直になれって言うんですか？」

すると先輩が余裕の表情でダージリンティーを一口飲み、カップについた口紅を拭いながら言う。

「桜宮が本気で好きになった人だもの。いい人に決まってる」

「先輩……」

「自分の気持ちと彼を信じてみなさいよ。そうすれば、桜宮の中のトラウマも消えるんじゃない？　私はそう思うけどな」

「あ……」

その一言で目が覚めたような気がした。

そうかもしれない。城山さんなら私の心の傷を癒してくれるかもしれない。

でも、ひとつだけ気掛かりなことがあった。

私、彼に避けられていたんだ……もう嫌われたかもしれない。

3　魅惑のキスをもう一度

次の日、私は城山さんからのチャットを待っていた。

社長室に呼び出されたら、まず、一昨日の夜の発言を謝罪して今日の仕事終わりに時間を作ってもらおうと思っていたのだ。そして自分の本当の気持ちを伝えようと……。しかし午後になっても彼からの呼び出しはなかった。

そういえば、朝礼の時、私の方を一度も見なかったし、ランチの時も私が社食に行くとすぐに立ち上がって社食を出て行った。

これって、どう考えても避けられてるよね？

好きな人から距離を取られるということが、こんなにも辛いことだったなんて……。

次回作のシミュレーションアプリのテーマを決める会議が終わった後、私は水森に声をかけ真顔で尋ねる。

「……ねぇ、水森、水森が好きな男性に告白したとして。その後でその人に思いっきり悪態をつかれたらどうする？」

「はい？」

私の唐突な質問に水森が驚き目を丸くしているが構わず続ける。

「いきなり自分の名前を呼ぶなとか言われたらどう思う？」

「そ、そりゃ～告った相手にそんなこと言われたらショックで立ち直れないですよ」

「やっぱ、そうだよね……その場合、彼に対してどんな感情を持つ？」

「うーん……そんな失礼なことを言う男に惚れてた自分が情けなくなるでしょうね。で、ムカつくと思います。って、これ、なんの話ですか？」

「……なんでもない」

無理やり話をぶった切り、ノートパソコンを持って立ち上がる。

「今から次回作の構想を練るからひとりにして」

意味が分からずキョトンとしている水森を残して窓際のフリースペースに場所を移すと、どんよりした気分でパソコンを立ち上げた。

情けなくなってムカつくか……当然だよね。私、本当に可愛げのない女だ。

それを自覚した時、ポケットの中のスマホが震えた。

「あ、彰だ……」

それは、話があるので仕事が終わったら久しぶりにフォーシーズンで飲もうというお誘いのメッセージだった。

今まで悩みごとがあれば、迷わず彰に相談してきた。だからこれは願ってもないグッドタイミング……なのだが、やっぱり城山さんのことは彰には言えないな。

彰と会うのはあの慰労会以来。そしてフォーシーズンも随分ご無沙汰だった。しかしマスターは足が遠のいていた理由を詮索することなく、いつも通り「ハルちゃん、お帰り」と優しい笑顔で迎えてくれる。

マスターに笑顔を返し、先に来ていた彰に間髪入れず「話って何？」と尋ねたのだが、彰はもったいぶるようにジントニックをゆっくり飲み、私をチラッと見る。

「そう急かすなよ。実はな、まだ少し先なんだが、アメリカに行くことになったんだ」

「えっ……アメリカ？」

彰は城山さんに紹介された人の勧めでアメリカのバイオ研究を学ぶ為、渡米することになったそうだ。

「そう……彰、アメリカに行っちゃうの……」

夢を語る彰の笑顔は希望に満ちていてとても嬉しそうに見える。でも私は、彼がどんどん遠い所に行ってしまうようで寂しかった。

無意識にため息が漏れ、視線が下がる。でも彰はそんな私の反応が気に入らなかったようで……。

「なんだよ。そのしみったれた顔は？　俺の新たな門出を祝ってくれないのか？」

「私を置いてけぼりにして、よく言うよ」

チクリと嫌味を言ってレーズンバターを頬張った時のこと。彰の口から思いもよらぬ言葉が飛び出す。

「お前には城山さんが居るだろ？」

「ヤ、ヤダ……彰ったら、何言ってるの？　私は彰から城山さんを押し付けられて本当に迷惑しているんだからね。補佐役だからってしょっちゅう呼び出されて仕事が全然進まないし……やっぱ、社長は城山さんより彰の方が良かったよ」

無理やり笑顔を作るも、彰の次の発言がその偽りの笑顔を瞬時に消し去ってしまった。

「……城山さんと寝たんだろ？」

えっ……どうしてそのことを……。

一瞬絶句するも、戸惑いを隠し必死に否定する。

「な、何それ？　どんなに親しくても言っていいことと悪いことがあるんだからね！　そんな冗談、全然笑えないよ！」

「バカ、こんなこと冗談で言えるわけないだろ？」

その言葉通り、彰の顔は真剣そのもの。ふざけているようには見えなかった。

「男のことでそんなムキになる遥香を初めて見たよ。城山さんに本気で惚れたんだな」

あっさり見透かされ焦ったが、すぐに「ヤダ、もう酔ったの？」と大げさに笑い飛ばす。すると私から視線を逸らした彰が指でグラスの中の氷を突っつきながら苦笑いを浮かべた。

「去年の十二月十三日……俺はお前とディナーの約束をしたよな」

「う、うん、私の誕生日のお祝いで彰がフレンチをご馳走してくれるって……」

「だが俺は、野村産業の社長に誘われ銀座のクラブに行くことになり、お前にフォーシーズンで待っていてくれと頼んだ」

「……でも、彰は来なかった」

だから私は城山さんと……。

「いや、俺はお前との約束を守って、ここに来たんだ」

「またまた～嘘はやめてよ」

「嘘じゃない。あの日、クラブで飲んでいた俺は遥香との約束が気になってチラチラと時計を見ていたんだ。そのことに気付いた野村産業の社長が何か用事があるのかと聞いてきてな……」

彰は正直に、今日は私の誕生日で一緒にご飯を食べる約束をしていると言うと、責任を感じた社長が自分の車でフォーシーズンに送ると言ってくれたそうだ。

「雨も降っていたし、是非にと言うので社長の厚意に甘えて車に乗せてもらってここに来たんだ。で、ビルの前まで来ると、ふたりの男女の姿が見えた」

ちょっと待って。それって、もしかして……あっ、そういえば、あの時、車が一台通ったような気がする。

当時のことを思い出し、背中に冷たいものが走った。

「そのふたりの男女は体を寄せ、只ならぬ雰囲気だった。俺は咄嗟にビルを通り過ぎてくれと運転手に頼み、車の中からふたりの様子を窺っていたんだ。数分後、ふたりは一緒にタクシーに乗り……」

「もういい！　やめてっ！」

堪らず叫ぶも、彰は淡々と喋り続ける。

「翌日、遥香が前日と同じスーツを着て出社したのを見て確信したよ。そしてそれ以来、お前の様子がおかしかった」

彰は最初から気付いていたんだ。私が城山さんに抱かれたことを……。

そのことを話すことができなかった罪悪感と城山さんに抱かれたことを知られた羞恥で彰の顔をまともに見ることができない。

「あ、あの……彰、私……」

謝ろうと口を開いた時、彰が不意に立ち上がり優しい笑顔で私を見つめる。

「遥香、素直になれ」

それだけ言うと彼は店を出て行った。

「彰……」

様々な感情が籠った声でその名を呼ぶと、少し離れた場所でグラスを磨いていたマスターが俯いたまま微笑む。

「あいつも大人になったな。三年前、ここでハルちゃんと別れたくないって駄々をこねていた奴と同一人物だとは思えないよ」

そしてマスターは、彰と城山さんがこの場所で会社売却の相談をしていたのだと教えてくれた。

「お客様がここで話したことは絶対に他言しないと決めていたが、今回は特別だ。彰の為に話させてもらうよ。会社売却の話は彰からではなく、城山さんからの申し出だったんだ」

「えっ？　そうだったの？」

起業するつもりだった城山さんは、一から会社を立ち上げるより、成長著しいアメイズを引き継いだ方がいいと判断し、言い値で買い取ると提案したそうだ。

バイオ関係の仕事がしたくて資金を必要としていた彰は喜んでその提案に乗った。

だが、城山さんはひとつだけ条件を出す。それは、彰が新たに興す会社に私を連れて行かないというものだった。

「でも彰は、出された条件はアメイズの社員全員をそのまま引き継ぐ。引き抜きはしないって……私ひとりが条件だったなんて聞いてないけど……」

「そうでも言わないとハルちゃんが反発すると思ったんだよ。現にハルちゃんは彰と一緒にアメイズを辞めるつもりだったんだろ？　だから彰は本当のことを言えなかったんだ」

確かに私は彰について行くつもりだった。それが当然だと思っていたから。

「城山さんはどうしてそんな条件を出したんだろう……」

「それは、ハルちゃんももう分かっているだろ？」

マスターがくすりと笑い私の前に出来立てのソルティドッグを滑らせた。

「城山さん、ハルちゃんの誕生日に君とここで飲んだ後、暫く姿を見せなかったじゃない。あれは、アメイズを買い取る為に本気で動き出していたから。ホテル住まいをやめてマンションを買ったのもその為だったって後で彼に聞いたよ」

城山さんは私を避けていたわけじゃなかった。私が彼を待つのを諦めてフォーシーズンに行かなくなった直後、アメイズを引き継ぐ準備が終わった城山さんは毎日のようにここに来ていたらしい。

「城山さんとの話題はハルちゃんのことばかりだったよ。で、帰る時、いつも寂しそうにこう言ってたな……『今日も遥香さんと会えず、残念です』ってね」

「城山さん、私に会いにここに……？」

マスターは大きく頷き、あんな分かりやすい人は居ないと一笑する。

その分かりやすい人の気持ちを疑い続けた私って、救いようのない鈍感だ。

「彰も城山さんの気持ちに気付いていたんだよね？」

「当然、彰も気付いていたさ。城山さんが本気だと分かったから、彼にハルちゃんとアメイズを任せようと決めたんだ」

そして彰は私がここに来る前、こう言っていたそうだ。

『今までの遥香は男からアプローチを受けると隠すことなく俺にあれこれ相談していた。でも、城山さんのことは決して口にしなかった。きっとそれは、今までの男とは違い本気で好きになったからだろう』って……そして『自分の役割は終わった。これで安心して渡米できる』と笑っていたと。

「彰、そんなこと言ってたんだ……」

彰は私のことをずっと気遣ってくれていた。

ありがとう……彰。本当に、ありがとう。私、素直になるよ。もう嫌われちゃって手遅れかもしれないけど、城山さんにこの気持ちを伝えてみる。そして香澄先輩、先輩の勘は当たってたみたい。彼は遊びなんかじゃなく真剣に私のことを想ってくれていた。

覚悟を決め、スマホを取り出す。

七時過ぎか……この時間ならまだオフィスに居るかもしれない。

しかし呼び出し音が鳴り出すと心臓が暴れ出し、スマホを持つ手に汗が滲む。

そして……『はい』という低く耳当たりのいい声が聞こえた瞬間、緊張がピークに達し、足がガクガク震えた。

「あ、あの……城山社長、少しお話が……」

『こんな時間に、なんでしょう？』

「電話では、ちょっと……今から会社に戻ります。フォーシーズンに居るのでそんなに時間はかかりません。待っていてもらえますか？」

そう言った時には既に駆け出し、入口の重厚な扉に手をかけていた。が、『その必要はありません』という無情な言葉が返ってくる。

えっ……それって、拒否されたってこと？

脱力して扉を押す手が止まり、涙が溢れてきた。

やっぱり嫌われたんだ。そうだよね。あんな酷いことを言われたら誰でも怒るよね。

諦めの気持ちが強くなり、扉から手を放した時だった。スマホから再び城山さんの声が響く。

『……俺が迎えに行く』

「えっ？　城山さんが？」

驚きの声を上げたのとほぼ同時に目の前の扉が開き、その先に居たのは、優しい笑みを湛えた愛しい人――。

だ」

「えっ……どうして？　私、社長室に電話したのに……」

「業務終了後にかかってきた電話はスマホに転送されるようになっているんだ。路地を入った所で君からの電話を受けてね、久しぶりに全力疾走したから足がつりそうだ」

肩で大きく息をしながら苦笑いする彼を見て、大粒の涙が零れ落ちる。

「城……山さん……私、城山さんのことが……」

迷うことなく広い胸に飛び込み逞しい体を力一杯抱き締めた。

「――好き……大好き」

言えた。やっと自分の気持ちを伝えることができた。

「この前は酷いことを言ってごめんなさい。私、城山さんのこと誤解してました」

謝罪する私を包み込むように城山さんの逞しい腕が背中で交差する。

「なら、ハルと呼んでもいいのかな？」

「はい……」

声を震わせ顔を上げると、体を離した城山さんが身を屈めふわりと唇を合わせた。

懐かしい彼の唇。私を虜にした魅惑のキス……。

もう何も考えられなかった。夢中で城山さんの首に腕をまわしそのキスに応えると、彼が私の涙を拭いながら甘く囁く。

「俺も、ハルが好きだ……」


お互いの気持ちを確かめ合った私達は、城山さんのマンションの部屋で恋人として体を重ねた。そしてその余韻に浸りながら彼の胸に顔を埋め、滑らかな肌に唇を押し当てると耳元で低く色っぽい声がする。

「やはり、ハルとは相性がいい」

私の前髪を撫で上げた城山さんが嬌笑し「ハルはどう思う？」と聞いてきた。

もちろん私も初めて抱かれた時から城山さんとの相性はいいと思っていた。だけど、それを認めるのが恥ずかしくてやんわり話を逸らす。

「でも、さっき城山さんが現れた時はビックリしました」

「ああ……あれは、仕事が終わって飲みに行こうとフォーシーズンの近くまで来ていたんだ。偶然だよ」

そう言いつつも、お互いの想いが引き寄せたのかもしれないなんてロマンティックなことを真顔で語る。

「実を言うと、もう城山さんに嫌われたと思ってました。会社ではずっと避けられていたし、目も合わせてもらえなかったから……」

その言葉に反応した城山さんが上半身を起こし「それはこっちの台詞だ」と眉を寄せた。

「あの時のハルの嫌悪は相当なものだったからな。真剣に告白してあそこまで言われるとは思わなかった」

私の態度に驚いた城山さんは、暫く距離を置いた方がいいと思ったそうだ。

「でも、城山さんも私に随分、酷いことを言ってますよ。城山さんが泊まっていたホテルの前で言った言葉、覚えていますか？　『大人の女性だと思ったが、意外と幼かったな……』とか『精々大杉さんと友達ごっこを楽しんでください』とか……」

少しは反省するかと思いきや、城山さんは表情を変えることなくサラッと言う。

「もちろん覚えている。あれは、ハルを怒らせる為にわざとそう言ったんだ」

「わ、わざと？」

「ああ言って挑発すれば、自分からホテルの部屋に行くと言うと思ってね」

城山さんは、私のすぐムキになる意地っ張りな性格を利用したのだ。

つまり私は、城山さんが仕掛けた罠にまんまとはまってしまったということ。

これが大人の駆け引きだと笑う城山さんに「酷い！」と言って腕を振り上げるも、彼にその腕を摑まれ、そのまま広い胸に引き寄せられた。

「どんな手を使っても君が欲しかったんだ……」

「あ……」

密着した肌から心地いい温もりと一緒に少し速い心臓の音が聞こえてくる。

「フォーシーズンで初めてハルを見た時から魅かれていた。だからあの夜、どうしてもハルが欲しかった」

「……初めて見た時から、私のことを？」

「ああ、しかしハルの隣にはいつも大杉さんが居たからな。ふたりの様子からおそらく付き合っているんだろうと思っていた。いつもならパートナーが居ると分かれば、それ以上気持ちが進むことはない。しかしハルは特別だった」

〝特別〟と言われたことが嬉しくて頰が赤らむ。

「とにかくハルの本当の気持ちを確かめたかった。フォーシーズンで大杉さんのことをしつこく聞いたのもその為だ」

城山さんは、私がまだ彰を好きなのではと疑っていたそうだ。

「だから男女の間に友情は存在しないなんて言ったんですか？」

「まぁ、そんなところだ。ちょっと度が過ぎてハルを本気で怒らせてしまったがな」

意地悪な言葉の裏には、そんな気持ちが隠れていたのか……。

やっと彼の気持ちが理解できたと思った時、城山さんが私の体を離し、さっきの質問の答えを催促してきた。

そうだった。体の相性のことを聞かれていたんだ。

「それは……」

口籠ると城山さんはいきなり私の上に覆いかぶさり、胸にキスを落とす。その唇は首筋から耳元へと移動し、熱い吐息が耳横の後れ毛をふわりと揺らした。そのなんとも言えないくすぐったい感覚に思わず声が漏れ身震いする。

「ここがハルの弱いところ……だよな？」

意地悪な声と共に耳たぶを甘噛みされるともうダメだ……体が火照り始めその先を期待してしまう。彼の唇が頬に触れるとどうにも我慢できなくなり、口づけをねだるように瞼を閉じたのだが、いつまで経っても唇は重ならない。痺れを切らして薄目を開けてみれば、城山さんがベッドに頬杖をついてほくそ笑んでいた。

「ちゃんと答えないとキスはお預けだ」

私がその気になったのを分かった上で交換条件を出してくるところが小憎らしい。

でも、そうやって焦らされると余計にあなたのキスが欲しくなる……。

「私も……相性がいいと……思ってた」

「そうか、同じで良かった」

嬉しそうに微笑んだ城山さんが骨ばった指で私の唇をなぞるとゆっくり顔を近づけてくる。

「正直に答えたご褒美だ」

ようやく触れた唇。それは陶酔するような極上のキスだった。


城山さんと付き合い出して二週間が過ぎた。

当初、私は仕事に支障が出るのを懸念して、私達が付き合っているということは社内では秘密にしようと提案したのだけれど、城山さんはこの関係を隠すことなくオープンにした。

本当に大丈夫だろうかと心配したが、あまりにも城山さんが堂々としているので彼に憧れていた他の女性社員も諦めたらしく、好意的に私達を受け入れてくれた。今のところはなんの問題もない。

コーヒーを入れデスクに戻ると水森が締まりのないデレッとした顔で私のパソコンの画面を眺めている。

「桜宮主任、ダーリンが呼んでますよ～」

見れば、城山さんからチャットが届いていた。

「もぉ～勝手に見ないでくれる？」

そう言って内容を確認した私は赤面し、慌ててチャットを閉じる。

【俺の可愛いハル、すぐに社長室に来てくれ】だなんて、アメリカ帰りの人は大胆ですね。でも城山社長、どんな顔してこの文章打ったんだろう？　想像するとくすぐったくなる」

水森に茶化され更に頬が熱を持つ。

前言撤回。問題発生だ。付き合っていることをオープンにするのはいいけれど、こういう公私混同のメッセージは仕事がやりづらくなるから非常に困る。

社長室に入ると城山さんのデスクに駆け寄り、さっきのようなメッセージは控えて欲しいとお願いしたのだが、彼は不思議そうに首を傾げている。

「何が悪いんだ？」

えっ……面白がってわざとやってるんだと思っていたのに、まさかの自覚なし？

「とにかく、仕事中は上司と部下という関係でお願いします。それと、ハルと呼ぶのも禁止です！」

「分かったよ。ハル」

「もう、言った先から……私の話聞いてました？」

デスクを叩き文句を言うも、城山さんは私の指に自分の指を絡めうっとりとした表情で嬌笑した。

「ハルは怒った顔も可愛いな」

「なっ……」

もう何を言っても無駄だと諦めかけた時、緩んでいた彼の表情が引き締まり口調が変わる。

「……では、そろそろ本題に入りましょう」

そしていい知らせがあると言って彼の手元にあったタブレットを差し出してきた。

「おめでとうございます。先月配信された桜宮主任が担当したアプリが十万ダウンロードを達成しました」

「えっ……本当ですか？」

予定よりも随分早い目標達成に興奮した私は「よし！」と叫び、大きくガッツポーズ。その様子を見ていた城山さんも嬉しそうに目を細めている。

「大杉さんが言っていた通りですね」

彰は城山さんと業務の引き継ぎをしている時、私が担当しているアプリは必ずヒットすると断言したそうだ。

「大杉さんは、このアプリが十万ダウンロードを達成したらお祝いをすると桜宮主任と約束したと言っていました。しかし自分はアメイズを去る。その約束は果たせないと名残惜しそうにしていたので、目標を達成したら私が代わりに祝うと約束したんです」

城山さんは、私が今一番欲しいものをプレゼントすると言ってくれたのだが……。

「急にそう言われても……」

思案していると彼が私を手招きし、小声で言う。

「……俺の体でもいいんだぞ」

「な、なんですか……それ？」

「ハルの好きなように……一晩、俺の体を自由にしていい」

赤面して後ろに飛び退くと城山さんがくすりと笑う。

「冗談ですよ。考えておいてください」

私、完全に遊ばれてる。

社長室を出てドアを閉めると振り返り「意地悪……」と呟いて顔を顰めた。

でも、改めて考えてみれば、彼の体を一晩好きにできるのって、悪くないかも。


その日の仕事終わり、私は城山さんに十万ダウンロードを達成したお祝いのリクエストをした。

彼の体を一晩好きにできるというのはとても魅力的な提案だったけれど、さすがに付き合ったばかりでそんなことを言うのはどうなんだろう……と恥ずかしくなり、渋々却下。しかし私をからかって楽しんでいる城山さんには少しばかり仕返しをして困らせてやりたいと思っていた。なので『城山さんの手作りの料理を食べてみたい』

と無茶ぶりをして心の中でほくそ笑む。

城山さんの雰囲気からして自炊なんてしそうには見えないし、彼にとってこれが一番の難題だと思ったからだ。

案の定、城山さんは顎に手を当て『うーん』と唸りながら暫く考え込んでいた。で、観念したように頷き『それがハルの望みなら仕方ない』と苦笑いを浮かべる。

明日は土曜で仕事は休み。午後五時に城山さんのマンションに行く約束をした。

しかし時間が経つにつれ、ちょっと意地悪が過ぎたかなと胸がチクリと痛む。だから出された料理がカップラーメンでも笑顔で食べてあげよう。そう心に決め城山さんのマンションに向かった。


城山さんが住むマンションは会社と同じ港区に建つ四十八階建てのタワーマンションだ。

アールデコ調のエントランスはグレーを基調にしたクラシックモダンな落ち着いた雰囲気。そこからエレベーターに乗り、四十五階の城山さんの部屋へと急ぐ。

当初、城山さんは最上階のペントハウスを希望していたそうだ。でも、タッチの差で他の人が契約してしまったらしく希望は叶わなかった。しかしどうしても諦めきれなかった城山さんは今すぐ全額を振り込むと食い下がったみたいだけれど、希望は通らず四十五階の部屋を購入したと言っていた。アメイズを買収した城山さんにまだ億を超える高級マンションを買えるだけの資金が残っていたとは驚きだ。

いくら世界で一、二を争う有名企業に勤めていたとしても、ただの社員。三十六歳の城山さんがどうしてそんなにお金を持っているのか……もしかしたら、城山さんって大金持ちの御曹司なのかも……。

そのことを確かめたかったけれど、そこに食いつくとお金大好きながめつい女子だと思われそうだったから突っ込んで聞けなかった。でもやっぱり、気になる……。

「五分前か……そろそろいいよね」

玄関のチャイムを鳴らすとインターホンから『開いてるよ。入って』という城山さんの声がする。言われるまま玄関に入り、大理石が敷き詰められた廊下を歩いてリビングに続くドアを押す。すると食欲をそそられる香ばしい香りが漂ってきた。

ジューシーないい匂い。どうやらカップラーメンではないようだ。

「いらっしゃい。ハル。ちょうど良かった。今料理が出来上がったところだ」

声がした方に視線を向けると真っ白なシャツの袖を肘まで捲り、黒のビストロエプロンをつけた城山さんがオープンキッチンで微笑んでいる。

格好だけ見れば、間違いなくイケメンシェフだ。城山さんって何を着ても様になるなぁ。

つい見惚れてしまい元から期待していなかった料理のことなど綺麗さっぱり頭から消えていた。しかし案内されたダイニングテーブルの上に並べられた料理を見た瞬間、放心して動けなくなる。

「えっ？　どういうこと？」

そこには、高級フレンチレストランで出てくるようなお洒落で美味しそうな料理が並んでいたのだ。

細部まで拘った盛り付けは凄くセンスがいいし、食材の色合いもとても綺麗。

「これ、城山さんが作ったんですか？」

「もちろん。全部俺の手作りだよ」

嘘……信じられない。

料理などできないと弱音を吐く城山さんを想像していただけに、この予想外の光景は衝撃だった。でも、ここまで完璧だとイヤでも疑ってしまう。

「あの～城山さん、この料理って……デリバリーとかじゃないですよね？」

やんわり失礼極まりないことを聞くも、彼は笑顔のまま静かに椅子を引く。

「プロが作った料理だと疑われるのは光栄なことだ。さあ、座って」

「じゃあ、本当に城山さんが作ったんですか？」

「ああ、俺の母はフレンチのシェフでね。子供の頃から料理を教えてもらっていたからある程度のレシピは頭に入っている」

どうやら私は彼の一番得意なものをリクエストしてしまったようだ。

敗北感を味わいつつ席に着くと、城山さんが私の前にカップに入ったコーンスープを置く。

「外は寒かったろ？　まずはこれを飲んで体を温めて……」

立ち上る白い湯気からコーンのいい香りが漂ってくる。

「はぁーっ……美味しい……」

彼の心遣いと舌触りのいい濃厚なスープが心と体を同時に温めてくれた。

「本当は本格的なコース料理にして、出来立てを味わってもらいたかったんだが、ハルと一緒に食事がしたくてね。先に作らせてもらったよ」

焼き上がったばかりの鴨のコンフィをテーブルの上に置いた城山さんがエプロンを外し、対面に腰を下ろす。

「でも、お母様がフレンチのシェフだなんて、素敵ですね」

小皿に取り分けてくれたシーフードのブイヤベースを受け取り微笑むも、なぜか彼は微妙な表情をする。

「素敵か……きっと、俺の父もそう思ったんだろうな」

城山さんのお父さんは、お母さんが働いていたレストランでたまたま食事をし、食後、テーブルに挨拶にきたお母さんに一目惚れしたそうだ。

「しかし母がなかなか振り向いてくれないので、父は母が勤めていたレストランを買い取ってオーナーになったんだよ」

「えっ！　好きな女性を振り向かせたくてレストランを買い取ったんですか？」

「父がレストランのオーナーになれば、母は従業員ということになるからな。さすがに雇い主を無視することはできないだろ？」

そんな思い切ったことができるってことは、やっぱり城山さんの家はお金持ちなんだ……。

今がそれを確かめる絶好のチャンスだと思い、それとなく聞いてみる。

「城山さんの実家は何か事業とかされているんですか？」

「いや、父はアメリカに行くまで都内の医療機器メーカーに勤めていた。今は母の実家近くにある旅行会社で通訳の仕事をしているよ」

「えっ！　城山さん、御曹司じゃなかったんですか？」

「御曹司？　なんだそれ？」

問い詰められ渋々想像していたことを話すと、城山さんに思いっきり爆笑された。

「期待に添えなくて悪いが、俺の家は極々平凡なサラリーマン家庭だよ」

「でも、お父様はフレンチレストランを買い取ったって……」

「ああ、あれは三十五年のローンを組んで借り入れをしたんだ。後先考えず、惚れた女の為に借金までしてレストランを買い取るなんてバカな父親だ」

えっ……そうなの？　だったらアメイズの買収や、この凄いマンションの購入資金はどうやって工面したの？

その疑問を口にすると意外な答えが返ってきた。

「それは、ズィーニスに居た時に取得した特許の収入で購入したんだ」

城山さんは、アメリカのズィーニス本社でソフトウェアの開発をしていた。日本では社員が開発したものは会社が特許権者になるのが普通だが、ズィーニスは特許を取得する際、城山さんを共同発明者として申請したので彼も報酬を受ける権利を有しているのだと。

「向こうは権利にうるさいところだからね。そのお陰で借金することなくアメイズを買収し、このマンションも手に入れることができた。しかしまさか自分も父と同じようなことをするとは思わなかったよ……」

「同じこと？」

「そう。俺も、ハルが欲しくてアメイズを買収したからね」

「あ……」

「今なら父の気持ちがよく分かる」

城山さんはナフキンで口を拭いながら照れくさそうに苦笑する。

しかし彼は、単なる一目惚れでアメイズ買収に動き出したのではないと言う。

「ハルを抱き、どんな手を使っても君を自分のものにしたいと思ったのは事実だ。だが、俺の気持ちを決定づけたのは、その後、大杉さんに今までハルが手掛けた仕事の内容を聞いた時……」

彼は私の会社への貢献度を聞き、経営者としても私を手に入れたいと思ったそうだ。

「今回のアプリの件でも、ハルは俺の期待に十分応えてくれた。君とは仕事でも相性がいいようだ」

妖艶な笑みを浮かべた城山さんが立ち上がり、私の方に歩いて来る。

「でも、やはり俺を虜にしたのは、ハルのこの愛らしい唇……君は仕事でもベッドでも最高のパートナーだ。もうハルの居ない人生など考えられない」

そう言ってもらえるのは嬉しいことだけど、ここまで絶賛されると照れてしまう。

「城山さんったら……褒め過ぎです」

「そんなことはない。現に一分前の俺より、今の俺の方が更に深くハルを愛している」

彼の言葉はどんな強いお酒よりも私を酔わせる力がある。

気付いた時には腰を折った城山さんの首に手をまわしていた。

私も城山さんのキスの虜。もう、あなた以外は考えられない……。

「食事は取りあえず中断。先に君を味わってもいいかな？」

私はその言葉に小さく頷き、そっと瞼を閉じた。


――二週間後。私は公私共に満ち足りた日々を送っていた。

仕事では新たに開発が始まったアプリの詳細が固まり、後は城山さんへのプレゼンを残すのみ。そこでＯＫが出れば、開発に取り掛かることができる。そしてプライベートでは彼から〝同棲〟という言葉も出始めた。

「ストレス解消アプリか……」

「はい、今の時代、年齢に関係なくストレスを感じている人が多いと思うんです。そのストレスを上手く発散できる人はいいのですが、そうじゃない人も居ます。そんな人達をターゲットにしたのが、このアプリです」

柔らかな日差しが差し込む社長室で私は熱っぽく語る。

今回のアプリのコンセプトは、癒しだ。各々がアプリの中でアバターを作り会話をしてもらう。それは相談でもいいし、愚痴でも構わない。そして誰にも言えない秘密の話でもいいのだ。つまりアバターは絶対に裏切らない親友という位置づけ。

アバターを操るのはＡＩ。ユーザーの発言や表情などを参考に、ＡＩが自ら考え相手が何を求めているかを瞬時に判断して言葉を返す。そして会話が増えるにつれＡＩがユーザーの性格をより深く把握するようになり、少ない情報でユーザーが何を欲しているのかが判断できるようになる。つまり、親友として成長していくのだ。

「水森を始め、アプリ開発チームの二十代前半の社員に話を聞くと、今の子達は、『自分は自分、人は人』という個人主義の子が多く、本音を吐き出せる相手が少ないということでした。ですから、しがらみがなく胸の内を吐露できる場所があってもいいのではと思いまして……」

私は祈るような思いで城山さんの表情を注視した。

夜遅くまで会社に残り、ミーティングを重ねてきた開発メンバーの為にも、ここはなんとしてもGOサインが欲しい。

固唾を呑んで彼の言葉を待っていると、城山さんの口元が綻ぶ。

「いいんじゃないか？　アプリが完成したら、俺もハルに似たアバターを作って癒してもらうよ」

「では、進めてもいいんですね？」

「ああ、またお祝いできるのを楽しみにしている。だが、今度は完食してからハルを誘わないとな」

「あ……」

二週間前のことが思い出され頬が赤く染まる。

食事の途中で寝室に向かった私達は、時間が経つのも忘れ愛し合い、リビングに戻った時には城山さんが作ってくれた料理がすっかり冷めていた。あれは今でも悔やまれる。

「そうですね」と照れ笑いした時、彼に今日の仕事終わりにフォーシーズンで飲まないかと誘われた。

「俺の家族のことで、ハルに話があるんだ」

城山さんの家族のこと？　なんだろう？

フォーシーズンに行ってから話すと言われ、笑顔で頷き社長室を出たのだが、終礼の直前に城山さんからチャットが入る。

【今からクライアントと打ち合わせをすることになった。悪いが先にフォーシーズンに行って待っていてくれ】

その文面を眺め、ふと前にも同じようなことがあったなと思う。

そう、あれは私の誕生日。あの時も彰からこれとよく似たメッセージを受け取ったんだ。で、ひとりでフォーシーズンに行った私は初めて城山さんと言葉を交わし、そして抱かれた。

今となってはいい思い出だな……なんて思いながらフォーシーズンに向かい半地下の階段を下りようとした時、店の扉が勢いよく開いて若い女性が飛び出してきた。

「あっ……遥香さん」

その女性はマスターの姪っ子の絵梨ちゃんで、私に気付いて駆け寄って来る。

「遥香さん、今店に入っちゃダメですよ」

険しい表情で語気を強める絵梨ちゃんにその理由を聞くと……。

「ヤな客が居るんです。なんかチャラい男でしつこく誘ってくるんですよ」

マスターも癖の悪い客だと思ったのだろう。絵梨ちゃんに今日はもう帰るようにと言ったらしい。

「フォーシーズンにそんな女癖が悪い客なんて居たっけ？」

「初めて見る顔でした。伯父さんも知らないみたいでしたよ」

そう言われても城山さんと待ち合わせしてるしなぁ～。

「そっか……でも、私は絵梨ちゃんみたいに若くないし、ナンパなんかされないよ」

心配顔の絵梨ちゃんに笑顔で手を振り重厚なドアを開けると、彼女が言った通り、カウンター席に髪を真っ赤に染めた全身黒ずくめの若い男性が座っていた。

スマホをいじっている手の甲にはデフォルメされた蝶のタトゥーが刻まれ、指には派手なシルバーのリングが光っている。

うん、確かに見ない顔だ……。歳は二十代前半ってところだろうか……？

苦笑いするマスターに声をかけ、男性から少し距離を置いて椅子に座ったのだが、突然顔を上げたレッドヘアの男性が私を見てニヤリと笑う。

「ねぇ、お姉さん、ひとり？　良かったら一緒に飲まない？」

「……あ、ごめんね。待ち合わせしてるから……」

軽くあしらいソルティドッグを一口飲む。しかしレッドヘア君は私の隣の席に座り、馴れ馴れしくすり寄ってくる。

「いいじゃん。一緒に飲もうよ～」

それを見たマスターが男性を注意するけど、彼は気にする様子もなくいきなり私の肩を抱く。

「お姉さん、俺のタイプなんだよね。待ち合わせなんか無視して俺と遊ばない？」

さすがにイラッとしてその腕を振り払おうとした時、城山さんが店に入ってきた。

私達の様子を見た城山さんの表情が険しくなり、足早に近づいてくる。で、肩を抱くレッドヘア君の腕を摑み低い声で一喝した。

「俺の女を口説くんじゃない！」

一触即発……と思ったが、城山さんはレッドヘア君の頭をポコンと軽く叩き「相変わらずだな」とため息をつく。

「やっぱ、この女性《ひと》、兄貴の彼女だったんだ」

えっ？　兄貴？

レッドヘア君の言葉に驚き城山さんの顔を見上げると、バツが悪そうに苦笑いを浮かべていた。

「ハル、すまない。コイツは城山流《りゅう》。俺の弟なんだ」

「ええっ！」

このナンパ男が城山さんの弟？　全然似てないんだけど……。

唖然としつつ改めてレッドヘア君の顔を注視する。と、彼もなかなかのイケメンで、整ったとても綺麗な顔をしていた。形のいい眉に切れ長の瞳。そしてスラリと高い鼻。どちらかと言えば、あっさり系の顔立ちだ。彫の深い城山さんとは正反対。瞳の色も淡褐色じゃないし……。

ふたりの顔を見比べ勝手に分析をしていたら、レッドヘア君改め流君がムッとした顔で零す。

「本気で誘ったわけじゃない。兄貴の女だと思ったから、ちょっとからかってやろうと思っただけだ」

「お前がどうしてもハルに会いたいって言うからこの場を設けたのに……俺の大事なハルをからかうんじゃない」

強い口調で流君を諭した城山さんだったが、私と目が合うとため息混じりに言う。

「実は、俺が日本に帰って来た一番の理由は、この流なんだ……」

流君は城山さんより十一歳年下で現在二十五歳。高校を中退した後、定職には就かずアルバイトを転々としているのだと。

城山さんはそんな歳の離れた弟をひとり日本に残してきたことが気掛かりで、悩んだ末、帰国する決断をしたらしい。しかし城山さんが顔を見せろと言っても流君はのらりくらりと話をはぐらかし城山さんと会おうとしない。

「それが昨日、突然流から電話がかかってきて『兄貴が付き合っている彼女も来るなら会ってもいい』と言ってきてね……」

「それで、私を誘ったんですか？」

「ああ、九時までバンドの練習があると言っていたから、まだ来てないと思っていたんだが……それに、本当に来るかも疑問だったんでね。ハルにはフォーシーズンに来てから流のことを話そうと思っていたんだ」

城山さんは私に詫び、こんなことなら事前にちゃんと話しておくべきだったと眉を下げる。

「なんだよ。せっかく気を利かせて早く来てやったのに……」

流君が文句を言うも、城山さんは「日頃の行いが悪いから信用できないんだ」と再び流君の頭をポコンと叩く。

「お前ももう二十五歳。ふらふらしてないでそろそろ落ち着いたらどうだ」

「ちっ……また説教か……だから兄貴に会いたくなかったんだよ」

「俺だってこんなことは言いたくない。だが、母さんがお前のことを凄く心配しているんだ。一年前に結婚するからと彼女をアメリカに連れて来て親にまで紹介したのに、その彼女ともすぐ別れてしまうし……」

「ああ……そんなこともあったな。あいつも兄貴と同じで真面目に働けって偉そうなこと言うから、だったら真面目な男と付き合えって言ってやったんだ。ったく、どいつもこいつもうっせぇんだよ！」

私は黙ってふたりの会話を聞きながら、城山さんも大変だなとため息をつく。

そして城山さんが「優しいいい彼女だったじゃないか」と残念そうに呟くと、流君がカウンターを叩いて声を荒らげた。

「兄貴だって婚約した女と別れたじゃないか！　俺だけが悪いみたいな言い方するなよ！」

えっ……城山さん、婚約してたの？

その事実を初めて知り激しく動揺するも、流君の手前、必死に平静を保ち気にしていないふりをした。

しかしその夜、どうしても気になり、ベッドの中で城山さんのサラサラの髪を指で梳きながら聞いてみる。

「城山さん……婚約してたんですね」

「んっ？　ああ……アメリカに居た時に知り合った女性とな」

アメリカに居た時？　じゃあ、最近のことなんだ……。

「どんな女性《ひと》だったんですか？」

本当は、彼が結婚まで考えた女性のことなど聞きたくなかった。でも、ここで聞かなければ、ずっと悶々とした気持ちが続くような気がして……。

「うーん、そうだなぁ……自分の夢を実現させる為に一生懸命努力していた聡明な女性……ってとこかな」

聡明な女性……私とは全く違うタイプの女性だ。

ついさっき、彼に激しく愛撫された胸がチクリと痛む。

「その聡明な女性と、どうして別れたんですか？」

上目遣いで城山さんの顔を覗き見ると、彼は上を向いたまま遠い目をしていた。

「彼女は元々日本に住んでいたが、自分の夢を叶える為にアメリカの大学に留学して学んでいたんだ」

城山さんは彼女と付き合っている時から日本に帰ることを考えていて、彼女の卒業を待って一緒に日本に帰らないかと誘ったそうだ。

「……だが、彼女は夢を選んだ。そして俺は日本に帰ることを選んだ。俺と彼女が描いていた未来は違うものだったんだよ」

城山さんは元婚約者とお互いが納得するまで話し合い結論を出したのだと静かに語る。でも、数日前、彼女と共通の友人から連絡があり、彼女が日本に帰国したと聞いたのだと。

「えっ！　それって、城山さんを忘れられずに追いかけて来たってことですか？」

「いや、体調を崩してやむなく実家に戻ったらしい。しかし俺はもう彼女と会うつもりはない。向こうも同じ気持ちだろう。その証拠に一切、連絡はないからな」

キッパリそう言った城山さんだったけれど、その横顔はなんだか寂しそうで、彼女に未練があるのではと疑ってしまう。

本当はまだ、その彼女のことが好きなんじゃ……。

視線を落としてシーツをギュッと握り締めると城山さんが上半身を起こし、私を挟むようにベッドに両手をつく。

「嫉妬……してくれてるのか？」

「なっ……嫉妬だなんて……」

「……してない？」

「も、もちろん」

バレているのは明らかだったけれど、意地でも認めたくなかった。

「ふふ……ハルらしいな。前に言ったろ？　俺が好きなのは、一見、ツンとした意地っ張り。だが、根は可愛い女性……そんな条件にピッタリ合う女性はハルしか思いつかない。今の俺は君に夢中だ……」

薄暗がりの中、私を見下ろす彼の淡褐色の瞳が微かに揺れ、唇に感じる甘い刺激。

「ハルだけだよ……」

その一言が胸にジンと染み渡り、シーツを放して逞しい腕を掴んだ。

信じていいんだよね？　私、城山さんに愛されているんだよね？

意地っ張りゆえ言葉にできない想いを熱いキスに込める。

私もあなただけ……城山さんだけだから……。

元婚約者の存在を知ってから一ヶ月が経った。

初めはちょっぴり不安で城山さんの気持ちを疑ったりもしたけれど、今はアメリカに居た時の話題になっても動揺することはない。

それはきっと、今週末に城山さんのマンションに引っ越すことが決まったからだ。一緒に暮らそうと言ったからには、彼にもそれなりの覚悟があったはず。私はそんな城山さんを信じたい。

これからは会社でも家でも城山さんの傍にいられるんだ……。

社長室のドアを眺め顔を綻ばせた時、プライベート用のスマホにメッセージが届いた。送信者は城山さんの弟の流君だ。

【ハルさん、今日、フォーシーズンで飲まない?】

彼から飲みに誘われるのは、今日で四回目。

フォーシーズンで初めて流君に会ったあの日、城山さんと流君が揉めて険悪なムードになったので、少しでも場の雰囲気を良くしようと積極的に流君に話しかけていた。すると意外に素直で可愛いところがある子だった。で、時々一緒に飲むようになったのだが、どうも城山さんはそれが気に入らないらしい。

城山さんは、流君が私を誘うのはご飯を奢ってもらいたいから。いいように利用されているんだって言っていたけれど、私はそれでもいいと思っていた。だって彼は城山さんがあのズィーニスを辞めても構わないと思うほど大切な弟なのだから。

流君が少しでも私に心を開いてくれて彼の思いを知ることができれば、城山さんとの関係も改善されるかもしれない。

そんな思いで【いいよ】と返信したのだが、残業で約束の時間を一時間ほど過ぎてしまった。

「遅くなっちゃったな……流君、拗ねてないといいんだけど」

彼は気に入らないことがあるとすぐ拗ねてしまう子供のようなところがある。そんな幼さが城山さんも心配なのだろう。

息を切らしてフォーシーズンの重厚な扉を開けると流君がカウンターに突っ伏して寝息を立てていた。その姿を絵梨ちゃんが冷めた目で見つめている。

「遥香さん、遅い！　彼、ついさっきまですっごく荒れてたんですよ」

流君を初めて見た時、チャラ男だと言って毛嫌いしていた絵梨ちゃんだったが、城山さんの弟だと分かると警戒心が解けたようで今では結構楽しそうに話している。でも、今日はご立腹のようだ。

「迷惑かけてごめんね。で、流君、どうして機嫌が悪かったの？」

「なんか、城山さんのことをボロクソ言ってましたよ。喧嘩でもしたのかな？」

やれやれとため息をつき、流君を起こして何があったのかと聞くと……。

「兄貴だよ！　ハルさんを誘った後に兄貴から電話がかかってきて、またグチグチ言われたんだ。で、ハルさんにあんま迷惑かけるなって。ねぇ、ハルさん、俺、ハルさんになんか迷惑かけてる？」

上目遣いで私を見る顔は子犬のように可愛い。

「ううん、迷惑だなんて思ってないよ」

「でしょ？　なのに、あのバカ兄貴、ハルさんのことになるとめっちゃムキになるから頭にくる」

なんとか宥めて落ち着かせ、絵梨ちゃんに謝るよう促す。

「今日みたいなことがあったら、もう絵梨ちゃん口利いてくれなくなるよ」

すると絵梨ちゃんも「今度、大声出して騒いだら、お土産はなしだからね！」と流君をギロリと睨む。

「えっ？　お土産って……絵梨ちゃん、またどっか行くの？」

絵梨ちゃんがしまったという顔をした直後、ボックス席から戻ってきたマスターがため息混じりに言う。

「明日からオーストラリアのシドニーに行くみたいだよ」

「あぁ～そういうことか……」

「単位もギリギリだったのに、遊んでばかりいて大丈夫なのかねぇ」

「もぉ～そんな話、ここでしないでくれる？」

今度は伯父と姪の喧嘩が始まってしまった。

身内同士だとついムキになっちゃうんだよね。城山さんと流君もそんな感じだったし……。

初めて流君に会った時のことが頭に浮かんだのと同時に流君が言っていた言葉も思い出す。

城山さんの話を聞いてもう吹っ切れたつもりでいたけど、やっぱり気になる。

「ねぇ……流君、ちょっと聞きたいことがあるんだけど……」

私が気になっていたのは、城山さんの元婚約者のこと。

「流君って、城山さんと婚約してた女性のこと知ってるの？」

「えっ、あ、うん。俺が元カノを連れてアメリカの家に行った時、兄貴もその彼女を連れて来てたんだ。その時、兄貴達が婚約したって聞いたんだよ」

流君はそこまで言うと眉を寄せ、私の顔を凝視する。

「なんかさぁ、ハルさんってその彼女に似てるような気がする」

「えっ……私が城山さんの元婚約者に？」

「あっ！　分かった！　兄貴の奴、ハルさんが元カノに似てたから惚れたんだ！」

流君に悪気はなかったと思う。でも私にとってその言葉は結構な衝撃だった。

もちろん人には好みというものがあるから、似たようなタイプの人を好きになるのは自然なこと。だけど、城山さんは初めて私を見た時から好きだったと言っていた。

城山さんは納得して別れたって言ってたけど、彼も気付いていない心の奥底でまだ彼女への想いが残っていたとしたら……。

だから城山さんは私に興味を持った？　私に元婚約者の姿を重ねていたってこと？

それって身代わりってことだよね？

一度ネガティブ思考になるとどんどん深みにはまっていく。

そのことを直接、城山さんに確かめようと思ったが、怖くて聞く勇気が出ない。普段は強気なことを言うくせに大事な時は何も言えなくなってしまう。きっとそれは、今の私にとって城山さんが絶対に失いたくない大切な存在になっていたから。

しかし日が経つにつれ、この気持ちを誰かに打ち消してもらいたいという欲求が強くなっていく。なので、たまたま社食で一緒になった水森にそれとなく聞いてみた。

水森は半年前に三年間付き合った彼氏に振られてかなり落ち込んでいたが、今は吹っ切れたみたいで積極的に合コンに参加している。

「ねぇ、水森って最近、合コンによく行ってるじゃない。もしそこに元カレに似た人が居たら、やっぱ、気になる？」

その質問をした途端、ニコニコ笑いながらカツサンドを頬張っていた水森の表情が一気に暗くなり、生気のない半開きの目で深いため息をつく。

「そりゃ～気になりますよ。別れる時、私はまだ彼のことが好きだったし、今でも完全に忘れたわけじゃありませんから……彼に似た男の人が居るとドキッてしちゃいますね。ってか、これ、なんの話ですか？」

「あ、ごめん、なんでもない」

また無理やり話をぶった切り、逃げるように席を立つ。

水森なら、そんなの気にならないって笑い飛ばしてくれると思ったのに、まだ元カレに未練があったんだ……なんだか悪いこと聞いちゃったな。

そして水森の本心を聞いた私の不安は更に大きくなっていった……。

4　予期せぬ復活愛

水森の話を聞いて以来、私は疑心暗鬼になっていた。そんな時、彰から【明日、日本を発つことになった。暫く会えなくなるから飲みに行かないか？】というメッセージが届く。

ちょうどミーティングが終わったところだったので、アプリ開発チームに彰が渡米することを伝えると、水森が驚きの声を上げた。

「えっ！　大杉社長、アメリカに行っちゃうんですか？」

その声が偶然近くに居た城山さんに聞こえたようで、笑顔で近づいて来て話に加わる。

「大杉さん、いよいよ明日、発つんですか？」

「はい、夢への第一歩ですね」

そう言った私の横で水森がニソッと怪しげに笑った。

「城山社長の可愛いハルが、社長以外の男性と飲みに行くって言ってますよ～、いいんですか？」

水森のふざけた発言に一瞬、気まずさを感じたが、そんな冗談に城山さんが本気で反応するはずもなく満面の笑みで大人の対応をする。

「桜宮主任と大杉さんは友人ですからね。いいんじゃないですか？」

ほら、城山さんはちゃんと分かってる。相手は彰だもの。他の男性と飲みに行くのとはわけが違う。そしてこのタイミングで彰からの誘いは私にとって救いだった。

彰にあのことを相談してみよう。彰なら城山さんの気持ちが分かるかもしれない。

そう思ったのだけれど、それからすぐ社長室に呼ばれ城山さんに意外なことを言われた。

「えっ？　食事？」

「ああ、先日、クライアントに紹介されて行った寿司屋がとても旨かったから、ハルにも食べさせてやりたいと思って今日、予約してあったんだが……」

そのお寿司屋さんはなかなか予約が取れない人気のお店で、今日やっと予約が取れたのだそうだ。

「私の為にわざわざ予約を……」

「しかし今日を逃せば、今度はいつ大杉さんに会えるか分からないんだよな？」

「ええ……最低一年は向こうだって言ってました」

「そうか、俺はどちらでもいい。ハルが決めてくれ」

本音を言えば、城山さんとお寿司屋さんに行きたかった。でも、彰とは今日しかない。友人として直接会って送り出してあげたかったから……。

「ごめんなさい……お寿司屋さんは、また今度……でもいいかな？」

「分かった。寿司屋はキャンセルしておく。大杉さんに宜しく伝えてくれ」

城山さんは笑顔で「楽しんでおいで」と言ってスマホを手に取る。でも私は彼の誘いを断り彰を優先してしまったことにちょっぴり後ろめたさを感じていた。

——午後十時、フォーシーズン。

いつも割と静かなフォーシーズンが今日はとても賑やかだった。

彰が明日、アメリカに発つということで、マスターが来店していた他の常連さんに声をかけ、送別会をしてくれたのだ。

「彰、アメリカに行っても頑張ってね」

「ああ、アメイズを手放したことを後悔しないよう、頑張らないとな。それで、城山さんとは上手くいってるのか？」

「あ、うん……実は、そのことなんだけど……」

私は城山さんの元婚約者のことを彰に話し、どう思うか聞いてみた。

「遥香が身代わりねぇ……それは考え過ぎじゃないのか？」

「本当にそう思う？」

「初めは遥香が元婚約者に似ているから興味を持ったかもしれないが、それはただのきっかけにしか過ぎないだろ。俺だって元カノの遥香に似ている女が居たら気になるぞ」

茶化すような返答に少しばかりイラッとしたが、言われてみれば、そうかもしれない。気にならない方がおかしいよね。

「俺だったら、遥香に似ている女を手に入れたいと思っても、その女が勤めている会社を買収しようなんて思わない。だってそうだろ？　その女は遥香に似ているというだけで遥香じゃないんだから。でも、城山さんは俺の言い値でアメイズを買い取った。それだけでも彼の必死さが伝わってくる」

なるほど……彰の言葉には説得力がある。

「それに、外見が似ていても性格まで一緒とは限らないしな。もし身代わりとしてお前と付き合ったのなら、今頃、その違いに落胆して後悔しているはずだ。なんたって誰かさんはかなりの意地っ張りで負けず嫌いだからな」

意地っ張りで負けず嫌いは潔く認めるけど、落胆して後悔って……どさくさに紛れて随分、酷いことを言ってくれる。でも、彰の言う通りかも。本人ならまだしも、似ている女性を手に入れる為にそんな大金出さないよね。

そう考えると気持ちが少し楽になった。

そして彰は、心配しなくても城山さんは間違いなく私に惚れていると強い口調で断言する。

「そっか……ありがとう。彰に相談して良かった」

「いやいや、あ、それと、言い忘れていたけど、俺、彼女できたから」

「ええっ！　マジ？」

なんと彰は、今回アメリカでお世話になる水耕栽培を研究している会社の社長秘書とオンラインで打ち合わせをしているうちに親しくなり、彰がアメリカに来たら真剣にお付き合いがしたいと言われたそうだ。

「まだ直接会ってもないのに……それ、騙されているんじゃないの？」

「まぁ、それもまたよし。アメリカでの生活を楽しんでくるよ」

新たな一歩を踏み出した彰の笑顔はとても眩しく見えた。

彰、応援してるからね。私達は別々の道を歩き始めたけど、何があろうと友人であることに変わりはないから。

「体には気をつけて」

「ああ、お前もな。じゃあ、お互いの幸せを願って乾杯するか」

笑顔で彰のグラスに自分のグラスを重ねる。

「私達の幸せな未来に……乾杯」

それから送別会は大いに盛り上がり、自宅マンションに帰った時には既に深夜二時を過ぎていた。

こんなに遅くまで飲んだ時はマンションに帰ると疲れ果て、メイクも落とさず眠ってしまうことが多いのだが、今夜の私は稀に見るハイテンション。霧が晴れたような清々しい気分でメイクを落とし、ちゃんとシャワーも浴びた。

「あっ、ヤバ！　スマホの充電忘れるところだった」

鞄からスマホを取り出すとメッセージが届いていることに気付く。

「城山さんからだ」

メッセージが届いたのは三時間も前。音を消して鞄に入れていたから全然気付かなかった。

慌ててトークアプリを開いて内容を確認する。

【ハル、楽しんでいるところ悪いが、早めに伝えておいた方がいいと思ってな。今週末に予定していたハルの引っ越しを次の週末に延ばしてもらいたいんだ。急なことなんだが、今週の金曜日から一週間、アメリカに行くことになった】

「えっ？　アメリカ？」

大声で叫び、急いで画面をスクロールすると……。

アメリカに居る入院中の母方のおじいさんが九十歳の誕生日に一時帰宅が認められ、親族が集まってお祝いをすることになったらしい。これが家族全員で祝える最後の誕生日になるかもしれないのでアメリカに行くことにしたのだと。

引っ越しを予定してほとんどの荷物はまとめてしまったけれど、そういう事情なら仕方ない。

【私のことは気にしないでください……】そこまで文字を打って指を止めた。

もう三時を過ぎている。普通の人ならもう寝ている時間だ。こんな深夜に返すのは非常識だよね。

返信は明日の朝にしようと決め、スマホを充電器の上に置いてベッドに潜り込んだ。

翌朝、起きるとすぐに昨夜のメッセージに返信し、少し早めに会社に向かった。そして自分のデスクに行く前に社長室のドアをノックする。

城山さんは私の顔を見るなり、引っ越しが延期になったことを詫びてきた。

「いえ、引っ越しなんていつでもできますから。城山さんはおじいさん孝行してきてください」

「悪いな。それで、大杉さんは元気にしていたか？」

「はい、新しい事業を必ず成功させるって意気込んでました」

彰の話が出たので、その流れでメッセージの返信が今朝になってしまったことを謝る。

「メッセージは昨夜見たんですけど、遅かったので遠慮しました」

「それは構わない。で、何時まで飲んでたんだ？」

「マンションに帰ったのが二時くらいだったかな……」

「二時か……結構遅くまで飲んでいたんだな」

別にやましいことなどないが、少々後ろ暗い気持ちになる。しかし城山さんは特に気にする様子もなく、私の手を取るとそう遠くない未来、私をアメリカに連れて行き、両親や祖父に紹介したいと微笑んだ。

ご両親に紹介してくれるってことは、もしかして……。

「今回は家族のみで静かに誕生日を祝おうということになったからハルを連れて行くのを諦めたが、次は一緒に行ってくれるか？」

「私が……ですか？」

「ああ、俺ももう三十六歳だからな。そろそろ将来のことを真剣に考えろと母に説教されてね。いいだろ？」

「あ、も、もちろんです」

予想もしていなかった展開。〝結婚〟の二文字が頭に浮かび舞い上がってしまった。城山さんは私とのことを真剣に考えてくれている。そして彰の言う通り、私は身代わりなんかじゃなかったんだ。

全ての不安が払拭され心が喜びで満たされて行く。でも、彼の次の発言でその喜びが半減した。

「いずれ、ハルのご両親にも会って挨拶がしたい」

「あ……」

実家には、成人式以来一度も帰っていない。理由はもちろん父親だ。月に何度か母親から電話がかかってきて、最近はお父さんも随分丸くなったから一度帰っておいでと言われていたが、どうしても帰る気になれなかった。

できることなら父親とは、もう一生会いたくない。本気でそう思っていたのだ。

答えを渋っていると城山さんが「お父さんのことを考えているのか？」と苦笑する。

城山さんには、フォーシーズンで彰と別れた原因を話した時に父親のことも打ち明けていた。

「ごめんなさい。イヤなことを思い出させてしまったようだな」

「そうか。父とはまだ……」

「いえ、すみません」

「ハルが謝ることはない。しかしハルのご両親の許しを得ずに話を進めるわけにはいかないからな……まぁ、いざとなったら俺がひとりで会いに行くさ……」

城山さんは呑気に笑っているけど、そういうわけにはいかないよね。

「あ、それと、昨日キャンセルした寿司屋の予約が運よく木曜日に取れてね。今度は付き合ってくれるだろ？」

「はい。もちろんです」

朝礼の時間が迫り社長室を出た私は、ある決心をして静かにドアを閉めた。

私達ふたりの幸せの為だもの。彼と一緒に実家に帰ろう。そしてお父さんに城山さんと結婚するって私の口から伝えるんだ。


城山さんの渡米を明日に控えた日のお昼前、お気に入りのワークスペースでパソコンに向かっていると、城山さんがスマホを耳に当てたまま社長室から飛び出して来て速足でオフィスを出て行った。

城山さん、あんなに慌ててどこ行ったんだろう？

それから一時間以上が経ち、私がランチを終えオフィスに戻っても城山さんは帰っていなかった。

専務に聞いても行先は聞いてないと言うし、総務にもなんの連絡も入っていない。

心配になり電話をしようかと思案していたら、妙な視線を感じた。振り返ると水森が何か言いたげに私を見つめている。

「水森……何？」

だが、水森は私から目を逸らし「なんでもありません」と顔を伏せ自分のデスクに戻って行く。

「水森までなんか変だな……」

そう呟いた時、城山さんが険しい表情で戻って来た。すかさず駆け寄り何かあったのかと聞くも、彼は私の質問には答えず、慌てた様子で社長室のドアを開けた。

「悪いが、今日は帰らせてもらう」

社長室に入った城山さんは手早く帰り支度を済ませ、私が居るドアの方へと歩いて来る。その姿を見つめ、もう一度、声をかけた。

「そんなに慌てて、いったいどうしたんですか？」

すると立ち止まった彼が私の頰に手を添え申し訳なさそうに言う。

「ハル、今日の寿司屋はキャンセルだ。すまない」

「えっ……キャンセル？」

「落ち着いたら電話をする。もう行かないと……人を待たせてあるんだ」

「ちょっ……城山さん……」

何があったのか、誰を待たせているのか、城山さんは何ひとつ説明せず帰って行った。そしてその後、なんの音沙汰もない。

明日、アメリカに行くから今夜は美味しいお寿司を食べてふたりでのんびりしようと言っていたのは城山さんなのに……。

マンションに帰った私はローテーブルの上にスマホを置き、かれこれ一時間、体育座りをしてそれが鳴るのを待っていた。が、さすがに我慢できなくなり、スマホに手を伸ばす。

何があっても冷静な城山さんがあんなに慌てるってことは、きっと尋常じゃない問題が発生したんだ。

しかし電源を切っているようで電話は繋がらない。結局、この日は早退した理由はおろか、城山さんの声を聞くことすら叶わなかった。

翌日、一時間早く部屋を出た私は、城山さんのマンションに向かった。

この時間ならまだマンションに居ると思ったからだ。でも、何度チャイムを鳴らしても返答はない。

暫く歩道に立ち、そびえ立つタワーマンションを眺めていたけれど、城山さんがそこから出て来ることはなかった。

仕方なく出社し、人影まばらなオフィスでスマホを眺めていたら、ようやく城山さんから電話がかかってきた。

これで全ての謎が明らかになると思ったのだが……。

『ハル、すまない。搭乗時間が迫っているんだ。向こうに着いたらまた電話する』

「城山さん、待って！　まだ切らない……あっ……」

無情にも通話は途切れ疑問は残ったまま。遣る瀬無い思いが胸をキリキリと締めつけ、落胆のため息が漏れる。

城山さん、何があったの？

デスクに両肘をついて頭を抱えると誰かが私の肩を叩いた。見れば、水森が神妙な面持ちで私を見下ろしている。

「桜宮主任……お話があります」

それは、やっと聞こえるくらいの小さな声だった。

「話って？」

「……城山社長のことです」

その名前を聞いた瞬間、不穏な胸騒ぎがして顔が強張る。

「ふたりっきりで話そう」

動揺を隠し立ち上がった私は、水森の手を引き誰も居ない畳のミーティングルームに入った。そしてドアを閉めるとなるべく感情を抑え静かに問う。

「城山社長がどうしたの？」

水森は言いづらそうに下を向き、少し間を置いて上目遣いで私を見た。

「大丈夫だから。話して？」

優しく声をかけるとようやく水森が口を開く。

「……昨日の昼休みのことです」

城山さんが慌ててオフィスを出て行ったのは、昼休みになる少し前だった。

「ランチをしようと行きつけのカフェに行ったら、城山社長が赤ちゃんを抱いた若い女性と一緒に居たんです」

「赤ちゃんを抱いた……若い女性？」

「はい、その女性は泣いていて、とても深刻な話をしているようでした」

水森は少し離れたテーブルに座ったので何を話していたかはよく分からなかったみ

たいだけど、途切れ途切れに聞こえてきた会話は『どうしてもっと早く言ってくれなかったんだ……』『……責任は取る』というものだったそうだ。

そして城山さんは赤ちゃんを抱かせてくれと言って女性から受け取ると愛おしそうに微笑んでいたのだと。

「その時、眠っていた赤ちゃんが目を覚まして……私、見ちゃったんです。その瞳は城山社長と同じヘーゼルでした」

「えっ……」

城山さんと同じ淡褐色の瞳……？

ゾクリと寒気がして鳥肌が立つ。そして全身から血の気が引いて行くのを感じだ。

「それから女性がカフェを出て行くと、城山社長がどこかに電話をかけて『今夜、ご両親に謝罪と結婚の許しを貰いに行く』って話していました」

「結婚の許しを？　城山さん、本当にそう言ったの？」

水森の前で取り乱してはいけないと思っていても、こんな話を聞かされたら冷静ではいられない。

私は水森の肩を摑み、聞き間違いではないのかと何度も確認した。しかし水森は目に涙を溜め「間違いありません」と断言する。

「このことは桜宮主任には言わないでおこうと思ったんです。でも、黙っていられなかった……」

私は泣き出した水森を抱き締め震える声で詫びた。

「気を使わせちゃってごめんね」

昨日、水森が何か言いたげに私を見つめていたのは、このことを私に言うべきか迷っていたからだったんだ。

そして私の頭に浮かんだのは、城山さんの元婚約者の存在。

もしかしたら、別れた元婚約者が妊娠していて彼に内緒で子供を産んでいたのかもしれない。そして城山さんを忘れられず会いに来たんだ。それを知った城山さんは責任を取る為に女性の両親に会う決心をした……。

絶望的な展開に呆然として言葉を失う。

城山さんに子供が居たなんて……。

「あの女性《ひと》……城山社長の元カノ……ですよね？」

私の腕の中で水森がしゃくり上げながら聞いてくる。

「……多分、そうだと思う」

元婚約者が帰国した理由は、体調を崩したからではなく妊娠していたから。

ショックを受け頭の中は真っ白だったが、ひとつだけどうしても水森に確かめたいことがあった。

「ねぇ、水森……その女性って、私に似てた？」

一瞬、水森の嗚咽が止まり、体がビクッと震える。

「まさか……全然似てませんよ！　桜宮主任の方が美人です」

水森、嘘が下手だよ……やっぱり城山さんの元婚約者と私は似ていたんだね。

「水森、ありがとう。私は大丈夫だから……」

精一杯強がると零れ落ちそうな涙を堪え、優しい後輩の体を強く抱き締めた。


仕事が終わりひとりになると不安が増し、アルコールの力を借りようとフォーシーズンに向かう。

水森の前では気丈に振舞っていたが、内心は動揺して平常心を完全に失っていた。

城山さんから電話がかかってきても、どう対応していいか分からない。ただ、怖かった。彼の口から別れの言葉を聞くのが堪らなく怖かったんだ。

俯いたまま重厚な扉を押すと、マスターではなく絵梨ちゃんの明るい声が聞こえる。

「絵梨ちゃん、マスターは？」

「まだ仕込みから帰ってないんですよ～。伯父さん、何してんだろ？」

唇を尖らせ扉の方に視線を向けた絵梨ちゃんだったが、突然「あっ！」と叫び、カウンターの下からカラフルなペーパーバックを取り出す。

「これ、お土産です」

「そっか、絵梨ちゃん旅行に行ってたんだね。ありがとう。楽しかった？」

「うん！　めっちゃ楽しかった。あ、そうそう、私ね、今日の朝、日本に帰って来たんだけど、空港で遥香さんの彼氏見かけましたよ」

「えっ……城山さんを？」

「声かけようと思ったんだけど、知らない女の人も一緒だったからスルーしちゃった」

女の人って……まさか……。

ドクドクと激しく打ちつける心臓の音につられるように呼吸も速くなる。

落ち着かなきゃと心の中で呟き、汗ばんだ手でスカートをギュッと握り締めた。

「絵梨ちゃん、その女性ってどんな感じの人だった？」

「それが、遥香さんにそっくりで……でも、髪型が違ってたからすぐに別人だって分かりましたけどね。あ、それと、その人、赤ちゃん抱いてましたよ」

その言葉を聞いた瞬間、胸に射抜かれたような鈍い痛みが走る。

間違いない。城山さんの元婚約者だ。

「もしかしてあの女の人、遥香さんの妹？」

絵梨ちゃんの容赦ない質問に動揺しつつも笑顔を作り、首を振る。

「私はひとりっ子だから……見送りの人じゃないの？」

しかし絵梨ちゃんは速攻でそれを否定した。

「その女性もキャリーバッグを持ってたから見送りの人じゃないと思いますよ」

ということは、元婚約も城山さんと一緒にアメリカに？

確か城山さんは、今回は家族のみで静かにおじいさんの誕生日を祝うことになったから私は連れて行けないと言っていた。でも、彼女は連れて行った。それはつまり、彼女は城山さんの家族の一員になったってこと……やっぱり水森が聞いた会話は聞き間違いじゃなかったんだ。

その時、カウンターの上に置いたスマホが振動し、ディスプレイに〝城山蓮〟という名が表示された。

どうしよう……今はまともに話ができる精神状態じゃない。でも、ハッキリさせないと……。

恐る恐るスマホを手に取り通話ボタンをタップすると聞き慣れた声が私の名を呼ぶ。

『ハル……遅くなってすまない。ちょっと色々あってゆっくり話す時間がなかったんだ。実は……』

城山さんが何か言いかけた時、電話の向こうから赤ちゃんの泣き声が聞こえてきた。

直後、別の人物の声が割り込んでくる。

『……あら、パパに抱っこして欲しいの？』

——パパ？

明るく弾むような女性の声だった。顔が見えなくても笑顔だということは分かる。

幸せそうな声……。

そう思ったらもう耐えられなくてスマホを耳から離し、震える指で電源を落とした。

途端、その指の震えが全身に広がり、奥歯がカチカチと小さな音を立てる。

私の異変に気付いた絵梨ちゃんが驚いた様子で「遥香さん、顔、真っ青ですよ。どうしたんですか？」と声をかけてきたが、今の私にはその問いに答える余裕などなく、堪らずフォーシーズンを飛び出していた。

「あ……」

しかし外は雨。城山さんに初めて抱かれた日と同じ激しい雨が降っていた。その雨音を聞いていると当時のことが鮮明に蘇ってきて更に辛くなる。

「やっと本気で好きになれたのに……どうして？」

怒りと悲しみ、そして切なさが入り混じり、大粒の涙となって零れ落ちる。その涙を拭うことなく雨の中へと足を踏み出すと漆黒の空を見上げた。

失恋って……絶望なんだ。

愛する人を失う辛さを知った私は、激しい雨に打たれながら子供のように泣きじゃくった。


――翌日。

昨夜、ずぶ濡れで自宅マンションに帰った私は、滴り落ちる滴もそのままに玄関に座り込み暫くぼんやり宙を見つめていた。

どのくらい放心していたかは分からない。ただ、辺りが明るくなるにつれネガティブ思考から徐々に自分が置かれたこの状況を現実として受け入れなくてはと思うようになっていった。

でもそれは、失恋から立ち直ったということではない。むしろ悲しみは増している。それでも本気の恋を忘れようと思ったのは、城山さんの決断が間違っていないと思ったからだ。

城山さんに子供が居ると分かった時は動転して自分のことしか考えられなかったけれど、ふたりもそれぞれ葛藤があったのだと思う。元婚約者は事実を伝えるまで相当悩んだと思うし、城山さんも突然自分に子供が居ると知らされ私以上に驚いたはず。

そして今思うのは……彼が自分の子供を見捨てるような人じゃなくて良かったということ。そんな人だから私は彼を好きになったんだ……。

これは強がりじゃなく私の本心。でも、このまま城山さんの傍に居るのは辛過ぎる。

城山さん、ごめんね。私、そんなに強くないから、他の女性と結婚する城山さんを祝福できそうにないの。

とにかく全てをリセットしたかった。

玄関からワンルームの部屋に入ると積み上げられた段ボール箱が目に入り、思わず苦笑いが漏れる。

いつでも引っ越しができるな……。

マンションの管理会社との契約は今月末になっているけど、できれば城山さんが帰国する金曜日までにここを出たい。

急いで引っ越し先のマンションを探さないと……それとスマホも解約して携帯番号を変更しなきゃ……泣いてる暇はない。


——月曜日。アメイズ総務部。

「ええっ！　会社を辞める？　それも今週の木曜日までって……」

城山さんがアメリカに行っている間、留守を預かっている専務に退職願が入った封筒を差し出すと、困惑した表情で私の顔と封筒を交互に見つめる。

「いや、ちょっと待ってくれよ。こういうのは僕じゃなく、城山社長に渡してもらわないと……」

「城山社長が居ない時だからちょうど良かったんです」

「はぁ？　それ、どういうこと？　もしかして……城山社長と別れたとか？」

こんな辞め方をすれば、当然、城山さん絡みだと思うよね。

「まぁ、そんなところです。退職する日までに業務の引き継ぎを済ませて会社には迷惑かけないようにしますのでご心配なく。あ、それと、城山社長から私に電話がありましたら私は風邪で休んでいると言ってください。では、失礼します」

渋る専務の手に無理やり退職願を握らせ、小走りで自分のデスクに戻る。

泣いてなんかいられない。今日を含め四日間で私が関わってきた業務を全て後輩達に割り振らなきゃいけないのだから。

まずはアプリ開発チームに退職する旨を伝え、途中で離脱することを詫びた。

皆一様に驚き引き止めてくれたけれど、水森だけは唇を真一文字に結び一言も発しなかった。きっと私の気持ちを分かってくれていたからだろう。

そんな水森の協力もあり、残務整理は順調に進みもういつ辞めてもいい状態だ。

「水森、ありがとうね。これで思い残すことなくアメイズを辞めることができる」

午後三時。私は水森にお礼が言いたくて彼女を社食に誘った。ランチの時間が終わると社食はカフェに替わり、シェフ手作りのスイーツが楽しめるのだ。

しかし水森は大好物のモンブランを目の前にしても一向に手をつけようとしない。

「桜宮主任、本当に辞めちゃうんですね」

「うん……私ね、会社では皆にキツいこと言って偉そうにしてたけど、本当はヘタレなんだよ。だから他の女性を選んだ城山さんと顔を合わせる勇気がないの」

最後に意地を張って強がっても仕方ないよね。

「そんなことないです。誰だって桜宮主任の立場になったらそういう気持ちになりますよ。でも、本当に城山社長に会わなくていいんですか？　今朝専務が言ってました。城山社長から何度も桜宮主任と連絡が取れないって電話がかかってきて誤魔化すのが大変だって」

「うん、私も専務に何度も愚痴られた。専務にもケーキご馳走しないとね」

ブレンドコーヒーを飲みながらくすりと笑うが、水森の顔に笑みはない。

「実は、私にも社長から電話がかかってきたんです。桜宮主任のプライベート用のスマホが繋がらないからマンションに様子を見に行ってくれないかって」

なので水森は、見に行った振りをして何度チャイムを鳴らしても反応がなかったと言ってくれたそうだ。

「でも、あまり連絡が取れないと城山社長が怪しむんじゃないかと思って、その日の朝、隣の部屋の人が偶然部屋に入る主任を見かけたようですって言っときました」

「そうだったの。迷惑かけてごめんね」

「私のことは気にしないでください。それで、引っ越し先は決まったんですか？」

「うん、なんとかね」

あれから何件か不動産屋をまわり、ようやく希望に合う物件を見つけることができた。

「今日、仕事終わりに不動産屋に寄って契約をすることになっているの。引き継ぎも終わったし、明日の午前中で仕事を終わらせてもらって午後から引っ越しするつもり」

水森は送別会をしたいと言ってくれたが、静かに去りたいからと丁重に断る。

「水森と一緒に仕事ができて楽しかったよ。アプリの件、宜しくね」

「桜宮主任……私も主任と一緒のチームで仕事ができて楽しかったです。落ち着いたら必ず連絡してくださいね」

そう言われフォークを持つ手が止まった。

「水森とはこれからも付き合っていきたい。でも……少し時間をもらえないかな？」

この心の傷が癒え、城山さんのことが思い出に変わるまで待って欲しい。

「ごめんね、水森……」

仕事を終え、不動産屋に向かっている途中、駅を出た私はまだ誰にも番号を教えてない真新しいスマホを手に思案していた。

「城山さんと繋がりのない香澄先輩ならいいか……」

香澄先輩とは、月に一、二度、連絡を取り合って食事に行っている。急に音信不通になったら心配するかもしれない。

今日のところは詳しい話はせず、携帯番号の変更を伝えるだけにしておこう。

そう思い電話をしたのだけれど、香澄先輩は電話に出るなり『同棲の感想は？』と声を弾ませる。

以前、香澄先輩に電話した時、もうすぐ同棲を始めると話していたので、先輩は私がラブラブな同棲生活を送っていると思っていたのだ。

香澄先輩の明るい声を聞いた瞬間、胸の奥に抑え込んでいた想いが湧き上がってきて涙が止まらなくなってしまった。

突然私が泣き出したものだから、先輩が驚いて電話の向こうで声を大きくする。

『ちょっと、桜宮、どうしたの？』

城山さんを忘れようと思った時、いつまでも悲嘆に暮れていても仕方ない、もう泣くのはやめようと決めたのに、唯一、意地を張らずに素の自分を見せてきた香澄先輩の声を聞いてしまうとダメだ。涙が止まらない。

駅前のベンチに座り一頻り泣くと涙を拭い香澄先輩に辛い胸の内を吐露した。

『えっ……城山さんと元婚約者の間に……子供が？』

大抵のことは笑って流す香澄先輩だけれど、さすがにこの事実は笑えなかったようで、暫く会話が途切れ無音状態が続く。そして数秒後『これからどうするの？』と沈んだ声が聞こえてくる。

「取りあえず仕事を辞めて引っ越そうかと……今から不動産屋に行ってマンションの契約をしてきます」

『引っ越しか……だったら、ウチに来ない？』

「えっ？　香澄先輩の家にですか？」

『そう、桜宮の次の仕事が決まるまで私のマンションに居て、仕事が見つかったらその会社の近くでまた改めてマンションを探せばいいじゃない。それに、私も今ひとりで暇してるのよ』

「ひとりって……旦那さんは？」

『旦那は今、単身赴任でマレーシアに行ってるの。一年くらいは向こうだと思う』

旦那さんの転勤が決まった時、香澄先輩も仕事を辞めてついて行こうと思ったらしい。でも、一年で戻るということだったので日本に残ることにしたのだと。

『だからさ、桜宮が来てくれたら私も嬉しいのよ』

優しいな……香澄先輩。先輩は私のことを気遣ってそう言ってくれているんだ。水森もそうだけど、私は人に恵まれている。

実を言うと、彰が居ない今、仕事を辞めてアメイズの人達と縁が切れてしまったら、独りぼっちになってしまうようで心細かった。それに、先輩が言うように誰とも会わず引きこもっていたら、城山さんのことを思い出してしまいそうで不安だった。

「本当に香澄先輩のマンションに行ってもいいんですか？」

『もちろん！　いいに決まってるじゃない。待ってるからね』

香澄先輩、ありがとう。そしてごめんなさい……。

私は契約する予定だったマンションをキャンセルし、翌日、四年間勤めたアメイズを退職して香澄先輩のマンションに引っ越した。

5　秘密の宝物

――八ヶ月後。

私はまだ、香澄先輩のマンションで居候を続けている。

本当なら、今頃ここを出て新たな就職先で働いているはずだった。でも、それができない事情ができてしまったのだ。

その事情とは――妊娠。

私は子供を授かり、現在、妊娠九ヶ月。来月には母になる予定だ。

妊娠に気付いたのは、香澄先輩のマンションに越してきて一週間ほど経った頃。

もしやと思い妊娠検査薬で確認すると妊娠確定の二本線がくっきりと浮かび上がり愕然とした。

別れた男性《ひと》の子供を妊娠してしまったことがショックで思い悩んだ時期もあったが、日が経つにつれ城山さんの子供がこのお腹の中に居るのだと思うと、小さな命が愛おしくて堪らなくなった。

きっとこれは、神様からのプレゼント。愛する人を失った私を可哀想に思い授けてくれたんだ……。

しかし香澄先輩の意見は違っていた。

「別れた人の子を産むなんて……私はもっとよく考えて結論を出すべきだと思う」

「今の私にはこの子が全てなんです。だから、どうしても産みたい」

そう訴えるも、先輩は本当にそれでいいのかと困惑の表情を見せる。

「女性がひとりで子供を産み育てるということがどんなに大変なことか……分かってるの？」

もちろん生半可な気持ちで子育てはできない。きっと、私が想像しているよりずっと大変で過酷な日々だろう。でも、それでもいいと思ったのは、今でもこの子の父親のことが好きだから……。

何度も忘れようとしたけれど、ダメだった。他の女性と生きていくことを選んだ人なのに、彼を愛しいと想う気持ちは以前と全く変わらない。それに、もう大切なものを失いたくなかったんだ。

「香澄先輩、ごめんなさい。悪阻が治まったら住む所を探してこのマンションを出て行きます。だから、それまでここに置いてください」

これ以上、先輩に甘えるわけにはいかない。なるべく早く自立しないと……。

必死の思いで頭を下げるも、香澄先輩が私の頭をポコンと叩く。

「何言ってるの？　妊娠している後輩を追い出すなんて、そんな鬼みたいなことできるわけないでしょ？」

「えっ……」

「第一、仕事はどうするの？　妊婦を雇ってくれるところなんてないわよ」

「それは……まだ貯金もあるし、一年くらいは働かなくてもなんとかやっていけそうだから……」

しかし香澄先輩は話にならないと呆れ顔。

「その考えが甘いのよ。大切なのは出産した後。それこそ働けなくなるんだからその時の為に貯金は残しておかないと……」

そして子供が産まれて落ち着くまではここに居ればいいと言ってくれた。

「香澄……先輩、私がこの子を産むの、賛成してくれるんですか？」

「桜宮は一度こうと決めたら頑なだからね。それに、好きな人の子供を産みたいって気持ち……分かるから」

涙が止まらなかった。香澄先輩に縋りつき、何度もお礼を言って号泣する。

「でも、このことは実家のご両親にはちゃんと言わなきゃダメよ」

「あ……」

そのことは私にとって一番の難題だった。母親はともかくあの父親が結婚もしないで子供を産むことを簡単に許してくれるとは思えない。できれば出産が済むまで秘密にしておきたかった。

そういう事情もあり、妊娠九ヶ月になった今も妊娠したことは両親には伝えられずにいる――。


「遥香ちゃん、随分お腹大きくなったわねぇ。あんまり無理しちゃダメよ」

「はい。実は今日でアルバイト終わりなんです」

「あら、そうなの。それは寂しくなるわね～。赤ちゃんが産まれたらまた見せに来てね」

毎日来る常連のおばあさんが名残惜しそうに私のお腹を擦ると巾着袋からレモン味の飴を取り出し、餞別だと言って差し出してきた。

私は安定期に入った四ヶ月前から香澄先輩のマンションの近くにあるパン屋さんで

レジのアルバイトをしている。

私は元々この店の客だった。香澄先輩がこのパン屋さんの食パンが好きで、三日に一度、先輩に代わって食パンを買いに来ていたのだが、何度か来るうちに店主と仲良くなり、レジのアルバイトを探していると聞く。どうしても仕事がしたかった私はダメ元で雇ってもらえないかとお願いしてみた。すると『いいよ』という予想外の言葉が返ってきたのだ。

私がどうしても働きたいと思った理由は、香澄先輩が『無職の桜宮からお金なんかもらえない』と生活費や食費を受け取ってくれなかったから。それが心苦しく、妊婦でもできる仕事はないかと探していたのだ。

有難いことに店主はレジに椅子を用意してくれて、疲れた時はいつでも座れるよう配慮してくれた。そして私の仕事は来店するお客さんの話し相手をすることだとニッコリ笑う。

ここは東京の下町。昔から住むお年寄りの方が多く、独り暮らしの人などは菓子パンをひとつ買って延々と喋り続けるのだ。店主も話を聞いてあげたいと思ってはいるが、そうすると仕事の手が止まってしまう。なので私にそんな人達の話し相手になってあげて欲しいと言うのだ。

今日もイートインスペースでは、お喋りするのを楽しみに来てくれたお年寄りの人達が美味しそうにパンを頬張っている。

話題は孫のことや今日の夕食のメニューなど、他愛のないものばかり。今まで関わることがなかった年代の人達との会話は私にとって新鮮だった。

ここは時間がゆっくり流れている。でも時々、忙しく働いていたアメイズ時代を思い出し、寂しさを感じることもあった。

そしていつものようにお年寄りの人達と楽しく語らい最後のアルバイトを終えた私は、香澄先輩のマンションに帰る道すがら、ふと目に留まった公園のベンチに腰を下ろし、一息つく。最近、お腹に少し張りを感じることがあった。そんな時はなるべく休むようにしている。

ちょっとお腹空いたから食べちゃおうかな。

燃えるような真っ赤な夕焼けを眺めながらパン屋さんの店主に貰った大好きなレーズン入りのデニッシュを食べようとした時、少し離れた所に立つひとりの年配女性と目が合った。

真っ白い長い髪にダボダボの黒い服——いつも硝子越しにパン屋を覗いていたおばあさんだ。でも、一度も店内に入って来たことがないから話をしたことはない。常連さん達は彼女を変わり者の魔女さんと呼んでいた。

魔女さんの顔を見るのもこれが最後かもしれないな……。

そう思った私は魔女さんに声をかけ、店主が袋いっぱい持たせてくれたパンの中から人気の総菜パンを取り出して彼女に差し出した。

「パン屋の前でお会いしたことありましたよね？　私、今日でパン屋のアルバイト終わりなんです。これ、貰ったものなんですが、良かったら食べてください。とっても美味しいですよ」

しかし魔女さんは能面のような顔で私を凝視し、警戒しているようだった。

私としては、毎日、彼女の顔を見ていたので知り合いのつもりで居たけれど、魔女さんにしてみれば、会話を交わしたこともない赤の他人だ。

余計なことをしてしまったなと後悔してパンを持つ手を引っ込めようとした。が、その時、魔女さんが素早くパンを奪い取り、持っていた籐製のバスケット鞄に無理やり押し込む。

「あんた、私が怖くないのかね？」

しゃがれた声はまるで本当の魔女のようだ。

「まさか……一度、お話ししたいと思っていたんですよ」

「ふーん……話ねぇ……」

魔女さんは私を舐めるように見つめると「じゃあ、あんたの未来の話をしてやるよ」と突拍子もないことを言う。

「えっ？　おばあさん、占い師さんなんですか？」

しかし魔女さんはその問いには答えず、堰を切ったように喋り出す。

「あんた、大切な人と離れ離れになったんだろ？」

嘘……いきなり当たってるし……。

「その人とはまだ縁は切れてないが、ちょっと問題があるな。それと、小さな女の子には気をつけろ。暗闇に引き込まれる。後、大切な人を奪おうとする人物が現れるぞ。魂は未熟だが、これはかなりの強敵だ」

それだけ言うと魔女さんは私に背を向け歩き出した。呆気に取られ去って行く彼女の背中をただ黙って見つめていたのだが、魔女さんの姿が公園から消えるとハッと我に返る。

えっ？　ちょっと待って。縁が切れてないってことは、また城山さんに会うってこと？　でも、小さな女の子って誰のことなんだろう？　それより暗闇に引き込まれるって、めっちゃ怖いんだけど……。

疑問だらけで意味が分からない。でも、大切な人を奪おうとする人物はもう既に現れている。当たっていると言えば当たっているけれど、微妙だな。やっぱり常連さん達が言うように、変わり者の魔女さんなのかもしれない。

色んな人が居るなと苦笑いした時、カーディガンのポケットからスマホの着信音が聞こえる。

香澄先輩のマンションに来てから、私はふたりの人物にこのスマホの番号を知らせた。

ひとりは母親。しかしまだアメイズを辞めたことや妊娠したことは言っていない。

そしてもうひとりは、彰だ。

彰には城山さんと別れたことは伝えたけれど、別れた理由は言えなかった。ただ、もう城山さんとは会いたくないので、彼から連絡があっても私のことは何も知らないと言って欲しいと頼んだ。

今回の電話の相手は後者の彰だった。

彰から電話がかかってくると毎回、城山さんのことなのではとドキッとしてしまう。

実は、私が彰と連絡を取る前に城山さんから彰に何度か電話があったそうだ。

城山さんは私が突然アメイズを辞め居なくなったので困惑している様子だったと。

そして私に会って話がしたいって言っていたらしい。

その後も何度か電話がかかってきたみたいだけど、当時の彰は本当に私の居場所を知らなかったから正直にそう伝えると諦めたのか、最近は城山さんから電話はかかってこなくなったと言っていた。

『遥香、元気にしてるか？』

「うん、彰は……？　って聞くまでもないか。元気そうな声してるものね」

『まあな。今日はいい知らせがあるんだ。来週、日本に帰ることになった』

その報告を聞き喜んだが、妊娠していることが彰にバレると思うと複雑な気持ちになる。

家庭がある城山さんの子供を産むと言ったら、彰はどう思うだろう。それが私の幸せだと言っても男性の彰には理解できないかもしれない。

そして彰は追い打ちをかけるように、帰国したらフォーシーズンに飲みに行こうだなんて言う。

「ごめん……城山さんが来るかもしれないフォーシーズンには、もう行けない」

『あ、そうか……』

「でも、彰はフォーシーズンに顔を出してあげて。きっとマスター喜ぶよ」

フォーシーズンでの楽しかった日々を思い出しちょっぴり感傷的になっていると、彰が唐突に聞いてきた。

『なぁ、そろそろ城山さんと別れた理由を教えてくれよ』

「えっ……」

彰が帰国すれば、もう隠すことはできない。でも、今はまだ……。

「長い話になっちゃいそうだからさ、彰が日本に帰ったら話すよ」

なんとか誤魔化し電話を終えると大きなため息をつき、歩き出す。

くよくよ考えても仕方ない。さあ、帰って夕飯の支度をしなきゃ。仕事をするようになって香澄先輩はようやく食費を受け取ってくれるようになったけど、居候だからできることはしないとね。

でも、料理をし始めると城山さんが作ってくれたあのフレンチを思い出して切なくなる。

今は奥さんの為に腕を振るっているのかな……。

そんなことを考えていたらお腹の子がもぞもぞと動き出す。私は胎動を感じる部分を優しく撫で、まだ見ぬ我が子に詫びた。

「パパに会わせてあげられなくて、ごめんね」

でも、パパの分もあなたのことを愛するから。いっぱい、いっぱい愛するから……。

「だから……許して」

懺悔の涙が一筋、頬を伝った時、玄関から香澄先輩の明るい声が聞こえてきた。

こんな顔、先輩には見せられない。

慌てて涙を拭い振り返ると、ちょうど先輩がリビングのドアを開けたところだった。

「香澄先輩、早かったですね。そういえば、最近ずっと帰り早くないですか？」

ダイニングテーブルにビーフシチューとパン屋さんで買ったロールパンを置き、努めて明るく振舞う。

「あ、桜宮にはまだ言ってなかったっけ？　クレストフーズの常務が代わったのよ」

クレストフーズは私が以前、勤めていた大手の食品会社だ。香澄先輩は私が新卒でクレストフーズに入社した時、新入社員の指導係を担当していて当時は厳しい上司だった。でも今は優しい姉のような存在。

「桜宮はやりたいことがあるからってすぐ辞めちゃったから常務のことは知らないかもしれないけど、彼が常務になって悪しき慣習だった早出と残業がなくなったのよ。それでね、男性社員の産休取得にも積極的で、社内に保育所を作るって話も出ているみたいなの」

「えっ？　あのブラック企業のクレストフーズが保育所を？」

「うん、それで私、思ったんだけど……桜宮さぁ、もう一度、クレストフーズで働いてみる気ない？　保育所は無料だって言うし、もし桜宮にその気があるなら頼んであげるよ」

「本当ですか？」

こんな有難い話はない。でも、一度辞めた私を会社が受け入れてくれるだろうか？

しかし香澄先輩はそんな心配はいらないと自信満々だ。

「その常務の彼女がリサーチ課に居てね、彼女の指導係をしているのが私の同期なのよ。同期に頼んで彼女から常務に話を通してもらえばなんとかなると思う。桜宮は私が担当したどの新入社員よりも優秀だったもの。会社だって即戦力になる人物なら欲しいと思うはず。きっと再雇用してくれるわ」

夢のような話だった。再雇用が叶えば、ひとりでもこの子を育てていける。

「是非、お願いします」

感謝の気持ちを込めて深く頭を下げた。

「でも、その前に実家のご両親に子供のことを報告しなさい。それが条件よ」

「えっ……」

「桜宮の家庭事情は知ってるよ。お父さんに妊娠のことを言いたくないっていう気持ちも分かる。だけど、黙っていてもいつかは分かることなんだし、ちゃんと筋を通しておいた方がいいって」

先輩に今まで何度も実家に連絡するよう言われてきたけれど、その度、話をはぐらかし先延ばしにしてきた。でも、そろそろ限界かな……。

渋々頷くと香澄先輩が安心したようにニッコリ笑う。でもなぜか急に視線を落とし、浮かない顔をした。

「でもさぁ、時々思うんだよね。もし桜宮の妊娠が後十日早く分かっていたら、きっと今頃、桜宮は城山さんと結婚していたんだろうなって」

「私と城山さんが結婚？」

「元婚約者との間に子供が居ると分かる前に桜宮の妊娠が判明していたら、間違いなく彼は桜宮を選んでいた……私はそう思う」

たとえそうだったとしても、所詮、たられぱだ。

「それに私、期待してたんだよね。城山さんが桜宮を探し出してここに迎えに来てくれるんじゃないかって……」

「先輩、そんなこと考えていたんですか？」

「だって、調べようと思えば興信所だってあるんだし……」

私もそう思ってできる限りの手を打った。

区役所と引っ越し業者には、付き合っている男性にDVを受けているので身を隠すのだと説明し、問い合わせがあっても決して今の住所は言わないで欲しいとお願いした。そして念には念を入れ郵便物も局留めにしてもらっている。

「私と香澄先輩の関係を知っているのは彰だけ。落ち着いたら連絡するって約束したアメイズの後輩にもまだ何も言ってないし……だから絶対に私の居場所は分かりませんよ。それに、城山さんに会ったところでどうにもならないでしょ？　彼にはもう家族が居るんだから……」

きっと今頃、愛する女性と可愛い子供に囲まれ幸せに暮らしているはず。

『ええっ！　妊娠九ヶ月？』

「ごめんね。なんか言いづらくて……」

『バカな子ね。こんなおめでたい話はもっと早く知らせてくれないと……』

それは、意外な反応だった。食事が終わると意を決して母親に電話をしたのだが、私の妊娠を知った母親は孫の顔を見るのが楽しみだと大喜び。怒られるのを覚悟していただけに、拍子抜けしてしまった。

『じゃあ、結婚式は出産の後になるってことよね？』

「えっ……結婚？」

お母さんは、私が彰と結婚すると思っていたのだ。

三年前、私は母親にひとつの嘘をついた。

彰と別れたばかりの頃、父親の知り合いの息子と私の縁談が持ち上がり、見合いをしに帰って来いと言われたことがあった。でも私は父親と顔を合わせるのがイヤで、こっちで付き合っている人が居る。勤めている会社の社長だと言って見合いを断っていた。その後も別れているということを隠し、嘘をつき続けてきたのだ。

そういうことにしておけば、両親も地元に帰って見合いをしろとは言わないだろうと思ったから。

困ったな……お母さんの喜ぶ声を聞いていると、とてもひとりで産んで育てるとは言えない。

すると母親が、結婚相手と一緒に帰って来て父親に挨拶した方がいいと言う。

当然、そうなるよね。

『実はね、お父さんが足を骨折して入院しているのよ。お父さんが遥香には知らせなくてもいいって言うから連絡しなかったけど、最近、なんだか元気がなくてね。でも、遥香が結婚して孫ができると分かれば、きっと元気になるわ』

電話を切り、どうしたものかと途方に暮れる。

翌日、土曜日で仕事が休みだった香澄先輩にそのことを相談していると、マレーシアに居る先輩の旦那さんから電話がかかってきた。

「えっ？　明日帰って来るの？」

まだ二ヶ月ほど先だと思っていた旦那さんの帰国が急遽明日に決まったようだ。

香澄先輩は、私のことを旦那さんに説明してあるから今まで通りここに居ていいと言ってくれたが、そういうわけにはいかないよね。

旦那さんとは結婚式で一度会ったきり。ほとんど話をしたことがない。

やっと単身赴任が終わって自宅に帰って来たのに、赤の他人の私が自宅に居たら休まらないだろう。おまけに出産間近の妊婦だ。

香澄先輩には本当に良くしてもらった。もうこれ以上、迷惑はかけられない。

「先輩、私、明日、実家に帰ります」

「えっ……」

「実家に帰ってこの子を産みます」

辛い決断だったけれど、今の私が頼れるのはもうお母さんしか居ない。


――翌日。


「旦那が急に帰って来ることになったから気を使わせちゃったわね」

高速道路を走る車の中で香澄先輩がボソッと言う。

「いえ、私の方こそ、旦那さんが帰って来る日なのに……本当にすみません」

当初、実家へは新幹線で帰るつもりだった。しかし香澄先輩が私の体を心配して車で送ると言ってくれたのだ。でも、車で三時間もかかる実家に送ってもらうのは気が引ける。だから何度も断ったのだけれど、結局、先輩に押し切られてしまった。

「大丈夫。旦那が帰るのは夕方の便だから。それより、赤ちゃんが産まれたらすぐに連絡してね。楽しみに待ってるから」

香澄先輩には感謝してもしきれない。先輩が居なかったら、こんな穏やかな気持ちで出産を迎えられなかった。

「必ず……一番にお知らせします」

高速を下り、実家が近づいてくると一気に緊張が増す。でも、父親が入院していて実家には居ないと思うと幾分気持ちは楽だった。

地元に帰って来るのは九年ぶりか……。

車窓から見える古里は様変わりしていて月日の流れを感じる。しかし到着した実家は以前と何も変わっていなかった。

「あ、香澄先輩、その先の右側の空き地に車を停めてください」

母親には、お昼前の十一時頃に着くと伝えてあったが、思いの外高速が空いていたので予定より十五分ほど早く到着していた。そのせいか実家のチャイムを鳴らしても応答がない。

お母さん、午前中にお父さんが入院している病院に行くって言ってたからな。まだ帰っていないのかも……。

持っていた鍵で玄関を開け、車に積んできた荷物を下ろした後、香澄先輩に少し休んでもらおうと声をかけた。しかし……。

「お母さんが留守なら私はこのまま帰るよ」

「三時間近くずっと運転していたのに、疲れてませんか？」

「私、運転好きだから全然平気！　あ、それと状況が変わっちゃったからあれだけど、もし東京に戻って来る気があるなら連絡して。クレストフーズの件、同期にお願いするから」

「はい、ありがとうございます」

去って行く車が見えなくなるまで見送り、家に入ると倒れ込むように横になる。

香澄先輩が心配すると思って言えなかったけれど、お腹に強い張りを感じていた。長時間車に乗っていたのが悪かったのかな？　でも、少し休めば大丈夫だよね。

瞼を閉じるとすぐにウトウトし始め、普段は滅多に見ない夢を見た。それは、初めて見る城山さんの夢だった。

城山さんは私に向かって大きく手を広げている。彼が迎えに来てくれたのだと思った私は夢中で駆け出すも、先にその胸に飛び込んだのは赤ちゃんを抱いた女性だった。

その様子を呆然と眺めていると、突然女性が振り返りこちらを見た。

『えっ……私？』

いや、違う。あの女性《ひと》は城山さんの元婚約者だ……。

目が合った自分と瓜二つの女性は城山さんの腰に手をまわし、勝ち誇ったように二ヤリと笑う。

『所詮、あなたは私の身代わり。彼に愛されてなんかいなかったのよ』

『そんな……』

言い返すことができず縋るように城山さんを見つめたが、彼はその言葉を否定することなく私にそっくりな女性の肩を抱いて歩き出す。

イヤ……城山さん、行かないで！　私を置いて行かないで！

そう叫んだのと同時に目が覚め、弾かれるように飛び起きた。

「夢か……」

バクバクと大きな音を立てる胸を押さえ放心していると玄関のチャイムが鳴る。

母親が帰って来たのかと思ったが、母親ならチャイムなど鳴らさず鍵を開けて入ってくるはずだ。

動くのも億劫だしスルーしようかな……。

そんな考えが頭を過ったが、宅配業者かもしれないと思うと無視するわけにもいかず、仕方なく立ち上がる。そして鳴り止まぬチャイムの音に急かされるように玄関のドアを押した。

「あっ……」

一瞬、夢の続きを見ているのかと思った。でも、これは夢でも幻でもない。現実だ。

そこに居たのは、妖艶かつ魅惑的な瞳の男性。その虹彩は薄い茶色で、ほんのりダークグリーンが入った美しい淡褐色――もう会うことはないと思っていた愛しい人。

「ハル……」

「……嘘。どうしてここに……？」

そう聞くも、彼は無言のまま淡褐色の瞳を大きく見開き、私のお腹を凝視している。

そして視線を上げ、私と目を合わせた直後「妊娠……してるのか？」と声を震わせた。

あぁ……城山さんに知られてしまった。

動揺して数歩後退ると大きなお腹を隠すように彼に背を向けた。すると背後から城山さんの掠れた声が聞こえる。

「……俺の子……だよな？」

「ち、違う！　城山さんの子供じゃない」

思わず声を荒らげ、大きく首を振った。

認めちゃいけない。この子が城山さんの子供だということは、絶対に認めちゃいけないんだ。

「じゃあ、誰の……」

震える手を握り締め誤魔化さなくてはと必死に考える。そして混乱した頭に浮かんだのは……。

城山さんを納得させられる相手は、ひとりしか居ない。

「この子は……彰の……彰の子供なの」

後先を考えている余裕などなかった。彰には申し訳ないけど、今はなんとしてもこの場を乗り切りたい。

「大杉さんの？　嘘……だろ？」

「嘘じゃない！　彰が帰国したら結婚する予定なの」

城山さん、お願い。もうこれ以上、何も聞かないで。これはあなたの幸せを守る為の嘘。真実を知れば、城山さんの幸せが壊れてしまうんだよ。

しかし私の願いは叶わず、彼の追及は止まらない。

「そんなはずはないだろ？　ハルと大杉さんは友人。そう言っていたじゃないか？」

「城山さんだって言ったじゃない。男女の間に真の友情は存在しないって。以前は否定したけど、どうやら城山さんの意見は正しかったみたい。彰とは、彼がアメリカに行く前によりが戻ったの」

躊躇することなく偽りを語ると城山さんが前にまわり込み、両手で私の肩を摑んだ。

久しぶりに感じる彼の手の温もりに心が乱れ泣きそうになる。でも、その涙を必死に堪えとどめの言葉を吐き出した。

「……城山さん、覚えてる？　彰がアメリカに発つ前日、私は城山さんの食事の誘いを断って彰に会いに行った。あの日、私は城山さんを裏切って彰と……寝たの」

「まさか……そんな……」

怒りと落胆が入り混じった城山さんの視線が私の心を貫く。が、ここで怯むわけにはいかない。

「嘘じゃない。全て事実……」

「しかし、俺はハルが居なくなってから何度も大杉さんに電話をしている。だが、彼はそんなこと、一言も……」

「お世話になった城山さんに私と寝たなんて言えるわけないじゃない。だから私は城山さんがアメリカに行ってる間に姿を消したの。なのに、こんな所まで押しかけて来るなんて……城山さんって、結構執念深いんだね」

城山さんは顔を引きつらせ「酷い言われようだな」と私を睨みつける。

胸が張り裂けそうだった。でも、あなたが好きだから……城山さんに幸せになってもらいたいから……。

「私はね……そういう女なの。それに、城山さんだって私が居なくなってホッとしているんじゃない？」

わざと嫌われるようなことを言って笑ってみせる。そして「もう帰って！」と叫び彼の体を押した。が、その時、予期せぬことが起こったのだ。

お腹に今まで経験したことのない激痛が走った。

「うっ……」

私の異変に気付いた城山さんが慌てた様子で顔を覗き込んでくる。

「ハル？　どうした？」

「お腹が……痛い……」

崩れ落ちるように玄関に座り込むとその弾みでスマホがポケットから落ち、城山さんの足元に転がっていく。しかし激しい痛みで意識が飛びそうだった私はそれを拾い上げる余裕などなかった。

この痛みは何？　もしかして……陣痛？　ううん、そんなはずはない。出産には早すぎる。まさか、お腹の子に何か異変が……？

「ハル、しっかりしろ。今、病院に連れて行ってやる」

城山さんに通院している病院の住所を聞かれたが、さっき実家に帰って来たばかりの私にかかりつけの病院などあるはずがない。

「どこでもいい……お願い……この子を助けて……」

その後も痛みは引かず、パニックになった私は、城山さんの腕を力一杯掴み狂ったように何度も叫んでいた。「この子を失いたくないの！」と……。

その時、床に転がっていた私のスマホが鳴り出した。ディスプレイには〝お母さん〟という文字が表示されている。すると、同じくディスプレイに目をやった城山さんが素早くスマホを拾い上げ、迷うことなく電話に出た。彼は冷静に私の状況を説明し、母親に近くに産婦人科はあるかと聞いている。

「分かりました。今から遥香さんをそちらの総合病院にお連れしますので、お母さんは産婦人科に受け入れ要請をお願いします」

そこからの城山さんの行動は早かった。玄関前に停めてあった自分の車の後部座席に私を乗せ、ナビをセットするとアクセルを踏み込む。

数分後、少し痛みが治まり安堵の息を吐くも、すぐにまた強烈な痛みが押し寄せてきて呼吸もままならない状態。病院に到着した頃には意識が朦朧としていた。

「あぁ……遥香、大丈夫？」

ストレッチャーに乗せられた時、聞こえてきたのは心配そうな母親の声。

「おか……あ……さん」

「たまたま他の人の出産があって産婦人科の先生が病院に居るそうなの。すぐに診てくれるって言ってたから心配いらないよ」

そして母親はストレッチャーの横に立つ城山さんに気付き、深々と頭を下げる。

「あなたが遥香の……」

城山さんも丁重に頭を下げ、私のスマホを母親に手渡した。

「では、私はこれで……」

あぁ……城山さんが行っちゃう……。

立ち去ろうとしている彼の姿を見てお腹に感じる痛みと同じくらい胸が痛んだ。

本当は傍に居てもらいたい。そしてずっとこの手を握っていて欲しかった。でも、それは望んではいけないことだから……。

それが分かっていても、もうこれで城山さんと会うことはないのだと思うと無性に寂しくて涙が止まらない。痛みに顔を歪め彼の背中を食い入るように見つめていると母親が強い口調で城山さんを引き止めた。

「ちょっと、あなたどこに行くの？」

振り返った彼が驚きの表情で首を傾げている。

「あ、いや、遥香さんをここにお連れして私の役目は終わりましたので……」

「はぁ？　自分の子供がどうなるか分からない時に何言ってるの？　あなたの役目はこれからでしょ？」

どうやら母親は城山さんを私の婚約者だと思っているようだ。

「お母さん、その人は……」

子供の父親ではないと言おうとしたが、また痛みがぶり返してきて言葉が続かない。

「娘がこんなに苦しんでいるのに、それを見捨てて帰るなんて許しませんよ！」

「しかし私が居ては遥香さんが……」

「私の夫はね、自分勝手で横暴な人だったけど、遥香が産まれる時はずっと傍に居て手を握ってくれていたの。あなたもそのくらいしなさい」

母親に背中を押された城山さんは戸惑いつつも動き出したストレッチャーと並行して歩き出す。

城山さんにしてみれば、母親の叱責は納得いかないものだっただろう。私を病院に運んだのだからお礼を言われてしかるべき。怒鳴られる筋合いなどない。しかし彼は一言も反論せず、心配そうに私を見下ろしている。

私はなんて自己中な人間なんだろう。城山さんを裏切り他の男性の子供を身籠ったと宣言したのだから、あなたを頼ることは許されない。私があなたを拒否しなきゃいけなかったのに……でも、怖くて……どうしようもなく不安で、今だけでいいからあなたに傍に居て欲しかった。

弱い自分を情けなく思い強く唇を噛んだ時だった。内腿の辺りに妙な生暖かさを感じ、血の気が引いていく。

これって、まさか……。

私の予想は的中。診察の結果、破水していることが分かり、医師からすぐに出産になると告げられた。

出産予定日は二週間以上も先なのに、やっぱり赤ちゃんの身に何かあったのかもしれない。

突然のことで心の準備ができていなかった私は我を失い隣に居た城山さんの腕を掴んで泣きじゃくる。

「この子が居なくなったら、私……生きていけない」

「遥香……大丈夫だから落ち着くんだ」

城山さんは起き上がった私の体を支えるように抱きかかえるとそっと手を握り、優しく微笑む。その笑顔を見た瞬間、私の理性は崩壊した。

他の女性のものになってしまった城山さんの胸に顔を埋め、決して言ってはいけない言葉を口にする。

「どこにも行かないで！　お願いだからこの手を離さないで」

城山さん、ごめんなさい……本当にごめんなさい。不甲斐ない私を許して……。

それからほどなく分娩室に入る為、看護師さんが私と城山さんを引き離そうとした。でも、今この手を離してしまったら永遠の別れだと思うと怖くて離すことができない。

その様子を見ていた母親が看護師さんに立会出産にしてくれないかと頼むも、事前に講習を受けている人でないと許可できないと突っぱねられる。

しかし産婦人科医が城山さんの立ち会いを許可してくれたのだ。

「私は立会出産推奨派でしてね。妊婦さんは相当動揺していますし、旦那さんに立ち会ってもらった方が安心して出産に臨めるでしょう。今回は例外として認めます」

医師の言葉を聞き、嬉しくて再び号泣する。

この時の私は自分のことと、お腹の赤ちゃんのことでいっぱいいっぱいだったから城山さんの気持ちを慮る余裕などなかった。でも、無事出産を終え初対面した我が子を胸に抱いた時、自分はなんて酷いことをしてしまったんだろうと激しく後悔する。

医師も助産師さんも看護師さんも、皆笑顔だったけれど、ただひとり、城山さんだけは笑っていなかった。

「可愛い女の子ですよ。お父さんも抱っこしますか？」

看護師さんに声をかけられた城山さんは戸惑うように微苦笑し、小さく首を振る。

「いえ、私は結構です」

落ち着いた口調で言うと、一礼して分娩室を出て行った。

城山さん、ごめんなさい。無理やり出産に立ち会わされて他人の子供を抱けと言われてもそんな気にはなれないよね。でもね、この子は間違いなくあなたの子供。

自分勝手な言い分だけれど、ほんの一瞬でも、親子の対面ができて良かった。これで娘に話すことができる。あなたが産まれた時、パパはずっと傍に居てくれたんだよって……。

――城山さん、この子に会ってくれてありがとう。そして今度こそ本当に、さようなら……。

6　残酷な運命

渡米を明日に控えた俺は昼前にようやく仕事の調整を終え、チャット画面を開いた。

ハルをランチに誘おうと思ったからだ。

明日から一週間、彼女に会えない。今夜は寿司屋に行く約束をしているが、どうもそれまで待てそうにない。

「ハルは社内でプライベートの話をすると機嫌が悪くなるから外の方がいいな」

ランチは和食にするか……それともハルが好きなパスタにするか……。

しかしチャットを送信する前にデスクの上のプライベート用のスマホが鳴った。

表示されていたのは、意外な人物の名前。

――佐山亜里沙《さやまありさ》。

彼女が俺になんの用だ？

疑問に思いつつ電話に出ると、思い詰めたような寂しげな声が聞こえてくる。

『蓮さん……突然電話をしてすみません。実は、蓮さんにお話が……』

彼女の口から語られた内容は衝撃的過ぎて暫く言葉を発することができなかった。

「今どこに居る？　直接会って話がしたい」

　すると彼女はここからほど近いカフェに居ると言う。俺は慌てて社長室を飛び出し、そのカフェに向かった。カフェに到着すると奥の席に俯き気味に座る彼女を見つけ、足が止まる。彼女のか細い腕の中に眠る赤ん坊の姿を見たからだ。

「あの子が……そうなのか？」

　乱れた息を整え、彼女の前の席に腰を下ろしたのと同時に深く頭を下げた。

「すまない……本当に申し訳ない」

「やめてください。蓮さんが謝ることじゃありません」

　そこまで言うと彼女は体を震わせポロポロと涙を零す。俺は「ゆっくりでいい」と声をかけ、彼女が落ち着くのをひたすら待った。

　以前の彼女は美しいロングの黒髪と大きな瞳が印象的な可愛らしく明るい女性だった。しかし今、目の前にいる彼女は別人のように窶れ、艶やかだった髪はボサボサ。化粧っ毛もなく悲壮感が漂っている。

　辛かったのだろう。せめて気が済むまで泣かせてやりたい。

　暫くするとランチの時間になったようで次から次へと客がカフェに入って来る。人が多過ぎるな。場所を変えるか……そう思った時、彼女が涙を拭い顔を上げた。

「すみません……もう大丈夫です」

「そうか……でも、どうしてもっと早く言ってくれなかったんだ……」

「本当は、この子を産んだこと、誰にも言うつもりはなかったんです。妊娠に気付いた時はもう別れた後だったし、ひとりで産んで育てようって……でも、この子を見ていると流君のことばかり考えてしまって……」

彼女の腕の中で眠る子供は流が生まれた頃によく似ていた。

亜里沙ちゃんは流が本気で惚れ、結婚まで考えた女性だ……。

「心配しなくていい。責任は取る」

「えっ……」

この赤ん坊と亜里沙ちゃんを不幸にするわけにはいかない。

「あの女タラシの流が君と別れてからまだ誰とも付き合ってない。それはきっと、今でも君のことが好きだから……子供のことは俺から流に説明する。その後に君と流、ふたりで話せばいい」

そして今夜、実家のご両親にお詫びと挨拶に行きたいとお願いした。

彼女は一瞬、戸惑ったように視線を泳がせたが「……はい」と嬉しそうに頷く。

「流の子供なら、俺の甥っ子だ。抱かせてくれるか？」

赤ん坊は思っていた以上に重く、ミルクの甘い香りが漂ってくる。あまりの可愛さに思わずそっと頬を撫でるとムズムズと動き出し目を覚ました。

「この目は……」

「はい、蓮さんと同じヘーゼルです。流君は違うのに。こんなことってあるんですね」

「よく分からないが、俺の母からの隔世遺伝かもしれないな。同じ瞳の色の母がこの子を見たら、きっと喜ぶよ」

「アメリカのお母さんにもこの子に会ってもらいたいな……」

その言葉を聞き、名案が浮かんだ。

そうか、明日、流もアメリカに行く。亜里沙ちゃんにその気があるなら一緒に向こうに行けばいい。そうすれば、両親と祖父に流の子供の顔を見せてやれる。

彼女は「流君がいいって言えば」と遠慮気味に言うが、あいつに拒否権などない。

「今からホテルの部屋を取る。流との話が終わるまで君はそこで待っていてくれ」

すぐに以前泊まっていたホテルの部屋を取り、配車アプリでタクシーを呼ぶ。

亜里沙ちゃんが店を出て行くと俺はアメリカの母に電話をし、今知った事実を伝えた。さすがに流に子供が居ると知った母は動揺していたが、孫が自分と同じヘーゼルの瞳だと分かると是非会いたいと喜んでいた。

「今夜、向こうのご両親に謝罪と結婚の許しを貰いに行くつもりだ」

『そう、くれぐれも失礼のないようにね。私達もなるべく早く亜里沙さんのご両親に挨拶に行くようにするから』

「ああ、可愛い孫に会うのを楽しみに待っていてくれ」

母との電話が終わると今度は流に大事な話があるからこのカフェにすぐ来るようにと電話をした。しかし待てど暮らせど流の奴は現れない。痺れを切らして再び電話をするとバンドの練習を抜けられないと呑気に笑っている。

「もういい。俺がそっちに行く」

電話で子供のことを話しても良かったのだが、動転した流が俺との電話を終えた後、直接亜里沙ちゃんに電話をするかもしれないと思うと、どうしても言えなかった。

あの流のことだ。自分の子だとは認めず、彼女を傷付けるようなことを言うかもしれない。それだけはなんとしても避けたい。しかし流を迎えに行く前に一度会社に戻らないとな……。

いい加減な流に憤りを覚えつつ社に戻るとハルが「何かあったの?」と不安そうな顔で駆け寄って来た。だが、ゆっくり説明してる暇はない。

「悪いが、今日は帰らせてもらう」

本音を言うと、俺の頭の中は、どうやってあの自分勝手な流を説得するか、そのことでいっぱいだった。亜里沙ちゃんには心配いらないと啖呵を切ったが、あいつが素直に亜里沙ちゃんとの子供を受け入れるとは思えない。だから少しでも早く流に会って説得しなければと焦っていたのだ。

帰り支度を済ませ社長室を出ようとした時、再びハルが声をかけてきた。

「そんなに慌てて、いったいどうしたんですか？」

やはりハルには言っておいた方がいいか……そう思い直すも、事情を説明しようとした時、彼女の後ろで数人の社員が興味深げにこちらを注視しているのに気付き、口を噤む。

社員に聞かせる話ではないな……やはり、後にしよう。

「ハル、今日の寿司屋はキャンセルだ。すまない。落ち着いたら電話をする。もう行かないと……人を待たせてあるんだ」

許してくれ。ハル……今はバカな弟の尻拭いを優先させてくれ。

後ろ髪を引かれる思いで地下駐車場に向かい、車に乗り込むと流の居るスタジオへと急ぐ。

流はまだバンドの練習中だったが無理やり連れ出し車の助手席に押し込む。そしてホテルに向かう途中の車内で全てを話して男らしく責任を取れと諭した。だが、俺が説教する必要はなかったようだ。

流はすぐに彼女に電話をして平謝り。で、いきなり「亜里沙、俺と結婚してくれ!」とプロポーズをしたのだ。

流のスマホから彼女の嗚咽が漏れ聞こえてくる。

もう何も心配することはない。

ホテルの車寄せに着くなり転げ落ちるように車を降り、駆け出して行く流の背中を見てそう思った。

その日の夜、彼女の実家に行き、ご両親に結婚の許しをもらうとそのまま明日の渡米に備え空港近くのホテルにチェックインした。

表向きは小さな甥っ子のことを考えての配慮だったが、本音は親子三人、水入らずで過ごさせてやりたかったから。

三人と別れて自分の部屋に入るとどっと疲れが出て崩れるようにベッドに座り込む。

はぁーっ……流のせいでクタクタだ。

ネクタイを解いてベッドに寝ころぶとハルの顔が頭に浮かんだ。

そうだ。ハルに事情を説明しないと……。

スマホを手に取るも、亜里沙ちゃんの実家に行く前に電源を切っていたことを思い出し、起動させようと側面のボタンを長押しした。しかしスマホが立ち上がるまでのほんの数秒の間に寝落ちしてしまったようで、気付いた時にはカーテンの隙間から眩しい陽の光が差し込んでいた。

しまった……寝過ごした。

慌てて流達と待ち合わせをしているロビーに行くともう三人の姿があり、合流して空港に向かう。

またハルに連絡できなかった。空港に到着したら今度こそハルに電話をしよう。

ハンドルを持つ手に力を込めそう思ったのだが、空港に到着するとちょっとしたトラブルに見舞われた。ネットで予約したはずの彼女の席が取れてなかったのだ。確認作業に時間がかかってしまいハルに電話ができたのは、搭乗時間の数分前。

「ハル、すまない。搭乗時間が迫っているんだ。向こうに着いたらまた電話する」

後悔の念に苛まれつつ通話を終えるとスマホをジャケットの内ポケットにしまい搭乗口を抜けた。

そして無事、ワシントンの実家に到着した俺は、両親や祖父とのハグもそこそこにジャケットの内ポケットからスマホを取り出す。

普段そんな態度を取れば、愛想がないと母の小言が飛んでくるのだが、今日は可愛い甥っ子のお陰でその小言を聞かずに済んだ。

家族は流の子供に夢中で代わるがわる抱っこしては喜びの声を上げている。その様子を眺めながらハルの名前をタップすると、覇気のない沈んだ声が聞こえてきた。なんの説明もしないままアメリカに来てしまったからな。怒っているのかもしれない。

『ハル……遅くなってすまない。ちょっと色々あってゆっくり話す時間がなかったんだ。実は……』

そう言いかけた時、背後から甥っ子の泣き声が聞こえた。おそらく初対面の人達に囲まれて不安になったのだろう。すると亜里沙ちゃんが「あら、パパに抱っこして欲しいの?」とくすりと笑う。

その直後だった。ハルとの通話が途切れたのは……。

それから何度もかけ直したが全く繋がらない。それは翌日になっても同じだった。

会社には行っているだろうとアメイズに電話をしてみると、専務が出てハルは熱を出して休んでいるとのこと。ハルのスマホは相変わらず繋がらない状態だったので専務に毎日電話をして容態を確認していたのだが、いまいち要領を得ない。

『いや〜私も桜宮主任と全く連絡が取れなくて困っているんですよ』

「ハルは独り暮らしなんだ。今日の仕事終わりに様子を見に行ってくれないか？」

『あぁ〜しかし女性の独り暮らしのマンションに行くのはちょっと……』

終始この調子で埒が明かない。専務を頼ることを諦め、水森さんに同じことを頼んだ。ハルと一番仲がいい水森さんなら様子を見に行ってくれるはずだ。

しかし自宅マンションを訪ねたが応答がないと連絡が入る。だが、朗報がひとつ。

ハルの隣の部屋の住人が今朝、部屋に入るハルを見かけたと……。

ホッとして胸を撫で下ろすも、今度は別の疑問が湧き上がってきた。

それならなぜ、俺に連絡してこない？


不安な思いを抱え日本に帰国した俺は、その足でハルのマンションに向かった。しかしチャイムを鳴らしてドアを叩いても応答がない。

まさか、あれからまた具合が悪くなったのでは……。

心配で居ても立ってもいられず、マンションの管理会社に電話をし、事情を説明して玄関の鍵を開けてくれるよう頼んだ。しかし返ってきた言葉は……。

『桜宮さんでしたら、昨日、引っ越しましたよ』

「引っ越した？　どこに引っ越したんですか？」

『さあ……それは聞いていませんねぇ』

いったいこれはどういうことだ？

愕然とするも、その後向かった会社で俺はそれ以上の衝撃を受けることになる。

「ハルが……アメイズを辞めた？」

「はあ……城山社長が帰国するまでは秘密にして欲しいと頼まれまして……」

意味が分からない。どうして俺に秘密で会社を辞めなくてはならないんだ？

「理由は？　理由は聞いたのか？」

「それが、城山社長と別れたからと……」

俺と別れた？　冗談じゃない。俺はハルと別れた覚えなどない。

専務を押し退け総務部を出ると、水森さんを探しハルが辞めた理由を聞く。

「私は何も聞いていません。城山社長が一番分かっているんじゃないんですか？」

いつも明るい水森さんが無表情で素っ気なく言う。

「本当に分からないから聞いているんですよ」

「城山社長は全く心当たりがないんですか？」

「ええ、全く……」

そう答えた直後、目に涙を溜めた水森さんが席を立ち、俺を睨みつけた。

「桜宮主任が城山社長に黙って姿を消したってことは、それ相応の理由があったからだと思います」

その言葉を聞き、水森さんは何か知っているのではと察した。しかしもし知っていたとしてもこの様子から見て、おそらく彼女はハルが去った理由を教えてくれないだろう。ならば、自分でハルを探し、本人に直接その理由を聞くしかない。

俺はその日から動いた。まず電話をしたのはハルの友人。現在、アメリカに居る大杉さんだ。だが、彼はハルがアメイズを辞めたことすら知らなかった。

知っているのに知らないふりをしているのか……それとも本当に知らないのか、正直、判断できなかった。

そしてハルが利用した引っ越し業者を突き止め引っ越し先を聞くも、客の個人情報は教えられないと突っぱねられる。それは区役所でも同じだった。

頼みの綱だった興信所もお手上げのようで、二ヶ月経った今も目新しい情報はない。

ただ、ハルの実家の住所と電話番号は分かった。

これだけ探しても見つからないということは、ハルはもう東京には居ないのかもしれない。実家に帰ったのか……しかしあれほど父親を避けていたハルが実家に行くだろうか？

可能性は低いが、万が一ということもある。

実家に電話をするとハルのお母さんが出た。俺はアメイズの者だと伝えハルが居るか確認する。

『遥香はアメイズさんで働いているはずですが？』

「それが、ここ数日、会社を休んでいまして……自宅の方は留守のようでしたので、ご実家の方にいらっしゃるのかと思い電話させて頂きました」

『実はあの子、もう八年近くこっちには帰って来てないの。あ、そうだ。遥香のことだったら、そちらの社長さんに聞けば分かると思いますよ』

「アメイズの社長……ですか？」

『そう、大杉社長さん、遥香とお付き合いしているから』

どういうことだ？　ハルが大杉さんと別れたのは三年も前の話だろ？

迷ったが真実を話そうと決め、今は自分がアメイズの社長でハルと交際していると告げた。するとお母さんの態度が一変する。

『何それ？　なんだか怪しいわね。あっ、分かった！　それ、新手の詐欺でしょ？　遥香が会社のお金を横領して逃げたからそのお金を穴埋めしろとか言ってくるんじゃないの？　悪いけど、私は騙されませんからね』

それからは何を言っても信じてもらえず、一方的に電話を切られてしまった。

詐欺師にされてしまったな……しかしハルは実家には居ないようだ。

また振り出しに戻ってしまったと頭を抱えた時、ドアをノックする音が聞こえ水森さんが顔を覗かせた。

「今、宜しいですか？」

「大丈夫です。どうぞ入ってください」

あの後、ハルの手がかりが摑めずお手上げ状態だった俺は、仕事が終わると水森さんを何度も社長室に呼び、本当のことを言ってくれと頭を下げた。しかし彼女は何も知らないの一点張りで語ろうとはしない。そして最近は露骨に俺を避けるようになっていた。

その水森さんが自分からここに来るとは……。

「あの……城山社長にお聞きしたいことがあるんですが……」

「私に聞きたいこと？　なんでしょう？」

「その、城山社長は結婚しないんですか？」

予想もしていなかった質問に驚き、思わず「誰と？」と聞き返してしまった。

「カフェで一緒に居た赤ちゃんを抱いた女性です」

赤ちゃんを抱いた女性？　まさか、亜里沙ちゃんのことを言っているのか？

「あの赤ちゃん、城山社長のお子さんなんですよね？　あれからもう二ヶ月経つのに、どうしてあの女性と結婚しないんですか？」

その一言で頭の中の霧が一気に晴れたような気がした。

「ハルが居なくなった理由はそれか？」

立ち上がり水森さんの肩を揺すると、彼女が困惑した表情で俺の顔を凝視する。

水森さんは、亜里沙ちゃんが俺の元カノで、赤ん坊は俺の子供だと思っていた。しかしいつまで経っても俺が結婚しないので不思議に思いその理由を聞きに来たと。

「えっ……あの赤ちゃん、弟さんの子供なんですか？」

「そうです。私には子供なんて居ません」

「あぁ……どうしよう。私、大変なことをしてしまいました」

水森さんはその場に座り込み狂ったように泣きじゃくる。

「落ち着いて。あなたを責めるつもりはありませんよ。その代わり全てを話してください」

水森さんは嗚咽を繰り返しながらハルが居なくなった理由を話してくれた。しかし一番知りたかったハルの居場所は分からないと首を振る。

「桜宮主任、落ち着いたら必ず連絡するって言ってくれたんです。でも、未だになんの連絡もなくて……私も心配していたんです」

俺は水森さんの背中を擦りながら自分を責めた。

あの時、ハルに真実を話していたらこんなことにはなっていなかった。全て俺のせいだ。なんとしてもハルを探し出して誤解を解かなければ……。

——休日の朝、濃いめのブラックコーヒーを飲み終えるとソファに深く体を預け、ため息をつく。

ハルが居なくなってもう八ヶ月か……。

必ず探し出すと誓ったものの、あれからなんの進展もなく完全に行き詰まっていた。

フォーシーズンのマスターにも事情を話して協力してもらえるよう頼んであるが、未だ連絡はない。そして大杉さんにも再度電話をしてみたが、本当に何も知らないようで情報は得られなかった。

こうなったら最後の手段だ。

俺はある決断をし、コーヒーカップをローテーブルに置いて立ち上がる。

目指すはハルの実家。もしご両親が本当にハルの居場所を知らなければ、全てを話して捜索願を出してもらおう。いくら疎遠になっていたとしても娘が行方不明だと分かれば協力してくれるはずだ。

一縷の望みをかけ車を走らせる。そしてナビが目的地とアナウンスした家の前で車を停め表札を確認すると……『桜宮』――間違いない。

話を聞いてもらうまでは絶対に帰らないと心に決め玄関のチャイムを鳴らした。だが、いつまで待っても玄関のドアは開かない。

留守かもしれないな。出直すか……。

しかし諦めきれず、二度、三度とチャイムを鳴らすと玄関に人の気配を感じ、鍵が開く音がした。そして少し開いたドアの隙間から「あっ……」という懐かしい声が聞こえ、探し求めていた愛しい彼女の顔が視界に入る。

「ハル……」

あぁ……やっと会えた……。

嬉しくて全身が震えるも、彼女の名を呼んだ直後、俺の目はハルの大きなお腹に釘付けになった。

「妊娠……してるのか？」

ハルは怯えたような表情で一歩、二歩と後退ると大きなお腹を隠すように俺に背を向けた。

ハルが居なくなったのは八ヶ月前。間違いなく俺の子だ。

愛する女が自分の子を身籠ったと分かって、嬉しくないはずがない。気持ちが高揚してどうにかなりそうだった。

「……俺の子……だよな？」

そう問いかけ、ハルを抱き締めようとした時、彼女の口から思いもよらぬ言葉が飛び出す。

「ち、違う！　城山さんの子供じゃない」

俺の子では……ない？

衝撃が強過ぎて手を広げたままの状態で固まってしまった。

「じゃあ、誰の……」

「この子は……彰の……彰の子供なの」

だが俺は、ハルの中に宿った命が大杉さんの子だとは思えなかった。

もしそうなら、ハルは俺を裏切ったことになる。曲がったことがイヤな彼女が浮気をするなんて考えられない。ハルに限ってそんなことは絶対にあり得ない。

しかしハルは大杉さんが帰国したらすぐに結婚する予定だと……。

「そんなはずはないだろ？　ハルと大杉さんは友人。そう言っていたじゃないか？」

「城山さんだって言ったじゃない。男女の間に真の友情は存在しないって」

確かに俺はそう言った。だが、それはハルの気持ちを確かめようとして出た言葉。

ハルにもそう言ったはずだ。

「以前は否定したけど、どうやら城山さんの意見は正しかったみたい。彰とは、彼がアメリカに行く前によりが戻ったの」

残酷な一言だった。こんなに切なく悲しい気持ちになったのは生まれて初めてだ。

俺はハルの前にまわり込み、両手で彼女の肩を摑むと心の中で叫ぶ。

頼むハル。嘘だと言ってくれ……。

でも、その願いは叶わず、彼女は大杉さんがアメリカに発つ前日、俺の食事の誘いを断って彼に会いに行ったあの日に関係を持ったのだと事もなげな顔で言う。

落胆したのと同時に激しい嫉妬で腸が煮えくり返った。が、あえて冷静に返す。

「しかし俺はハルが居なくなってから何度も大杉さんに電話をしている。だが、彼はそんなこと、一言も……」

「お世話になった城山さんに私と寝たなんて言えるわけないじゃない。だから私は城山さんがアメリカに行ってる間に姿を消したの。なのに、こんな所まで押しかけて来るなんて……城山さんって、結構執念深いんだね」

執念深いか……。

「酷い言われようだな」

「私はね……そういう女なの」

ハルは俺を嘲るように薄ら笑いを浮かべた。

なるほどな……水森さんの話を聞いて、ハルが俺に子供が居ると誤解して姿を消したのだと思っていたが、どうやら真実は違っていたようだ。俺達はとうの昔に終わっていた。そういうことなんだな……ハル。

大きなお腹を愛おしそうに抱えるハルの姿が、もう過去には戻れないということを如実に物語っている。

ハル……君をフォーシーズンで初めて見た時、君は大杉さんやマスターと楽しそうに笑っていた。だが、その愁いを帯びた笑顔はどこか儚げで、俺には泣いているように見えたんだ。

どうしてこんなに寂しそうに笑うんだろう……。

そう思ったのと同時に、彼女の本当の笑顔が見てみたいと強く思った。おそらくあれが恋の始まりだったのだろう。

しかしハルと初めて言葉を交わした時、その気持ちに変化が現れたんだ。

俺がハルを笑顔にしてやりたいと……。

ハルは強い女を装っていたが、言うほど強くないということはすぐに分かった。初めは大杉さんをどう思っているのか確かめる為にキツいことを言ったが、君が虚勢を張れば張るほど可愛く思え、つい調子に乗ってハルを怒らせてしまったよな。でもな、そんな反応をするハルだからこそ、守ってやりたくなったんだ。

根は優しくて可愛いハル。俺はそんなハルが愛しくて堪らなかったんだ。だから君を手放すなんてあり得ないと思っていたんだよ。しかしどうやらハルを本当の笑顔にできるのは俺ではなかったようだ。

納得などできないが、ハルの幸せの為には諦めるしかないのか……。

そう思った時、ハルが「もう帰って！」と叫び俺の体を押す。が、直後、異変が起きた。

顔面蒼白になったハルが崩れるように座り込むとその弾みでスマホがポケットから落ち、俺の足元に転がってきた。しかしそのスマホ拾う余裕などなく、ハルの体を必死に支える。

「ハル、しっかりしろ。今、病院に連れて行ってやる」

かかりつけ医を聞くも、どこの病院でも構わないと俺に縋りつく。

「この子を助けて……」

ハル……。

「……この子を失いたくないの！」

俺の腕を力一杯摑み鬼気迫る顔で叫ぶ彼女は、俺の知っているハルではなかった。

強烈な喪失感が胸を締めつけ悲しみが押し寄せてくる。と、その時、俺の足元でスマホが鳴り出した。ディスプレイには〝お母さん〟と表示されている。

ハルのお母さんか……？

迷いなどなかった。スマホを摑み通話ボタンをタップすると早口でハルの現状を伝える。するとお母さんは今、近くの病院に居るそうで、その病院には産婦人科もあるとのこと。俺はハルを抱き上げ、自分の車へと急いだ。

ハル、心配するな。君とお腹の子は俺が必ず守る。

救急車専用入口の前にはストレッチャーが用意されていて、ふたりの看護師と年配の女性の姿が見える。

「あぁ……遥香、大丈夫?」

駆け寄って来た年配の女性はハルのお母さんのようだ。お母さんは心配そうにハルの背中を擦り声をかけていたが、俺に気付くと何か呟き、頭を下げた。

俺も深く頭を下げ、ハルのスマホをお母さんに差し出す。

ハル、関係のない俺はこれ以上付き添えない。どうか大杉さんと幸せになってくれ。

「では、私はこれで……」

あえてハルとは目を合わせず歩き出す。しかしお母さんが強い口調で俺を引き止めた。

「ちょっと、あなたどこに行くの?」

「あ、いや、遥香さんをここにお連れして私の役目は終わりましたので……」

「はぁ? 自分の子供がどうなるか分からない時に何言ってるの? あなたの役目は

これからでしょ？」

自分の子供？　お母さんは何を言っているんだ？

「娘がこんなに苦しんでいるのに、それを見捨てて帰るなんて許しませんよ！」

ああ……そうか。お母さんはアメリカに居る大杉さんとはまだ会っていないから俺を大杉さんだと勘違いしているのか。

その誤解を解こうと口を開くが、お母さんは有無を言わさず俺の背中を押し、ハルに付き添えと目配せする。

ストレッチャーに乗せられたハルは辛そうに肩で大きく息をし、苦痛に顔を歪めていた。そんな姿を見ていると、やはり心配で自分は大杉さんではないと否定することができない。

それに、もしハルの身に何かあったら……。

そうだ。誰の子だろうが関係ない。ハルとお腹の子の無事を確認するまでは彼女の傍に居たい。それまでは大杉さんということにしておこう。

お母さんを騙しているという罪悪感はあったが、それ以上にハルのことが心配だった。

診察が終わり医師からこのまま出産になると説明を受けると、ハルが突然体を起こし、俺の腕を掴んで大声で叫ぶ。

「この子が居なくなったら、私……生きていけない！」

人目も憚らず大泣きするハルはどう見ても普通の精神状態ではなかった。

ハルも俺を大杉さんだと勘違いしているのかもしれない……。

「遥香……大丈夫だから落ち着くんだ」

確か大杉さんはハルのことをそう呼んでいたな。

大杉さんになりきりハルの体を抱きかかえると、ハルが俺の胸に顔を埋め号泣しながら再び叫ぶ。

「どこにも行かないで！　お願いだからこの手を離さないで」

離すものか。ハルが俺だと気付くまでずっと握っていてやる。だから落ち着くんだ。

しかし懐かしいハルの香りが鼻孔をくすぐると冷静ではいられなくなる。

許されるならこのまま君をさらって行きたい。そして俺がお腹の子の父親になり三人で暮らしたい。ハル……愛してる。どんなに嫌われても、君が好きだ……。

堪らずハルを抱き締めた時、医師がハルを分娩室に運ぶよう看護師に指示する声が聞こえた。しかしハルはまだ俺を大杉さんだと思っているようで離れようとしない。

そんな娘の様子を見ていたたまれなくなったのだろう。お母さんが立会出産を希望したのだが、立ち会いができるのは事前に講習を受けて医師の許可を得た者だけだとけんもほろろに断られる。しかし医師が「構いませんよ」と俺の肩を叩いた。

「私は立会出産推奨派でしてね。妊婦さんは相当動揺していますし、旦那さんに立ち会ってもらった方が安心して出産に臨めるでしょう。今回は例外として認めます」

俺が……ハルの出産に立ち会う？

正直、それはあり得ないと思った。ハルの傍についていてやりたいが、父親ではない俺が立ち会うのは道理に反する。それに、大杉さんが後でそれを知ったらどう思うか……もし俺が大杉さんの立場だったら絶対に許せない。

やはり断ろうと思ったのだが、お母さんが「お願い。遥香の傍に居てあげて」と俺に縋りつく。そしてハルも更に強く手を握った。

ハル、君も俺を求めているのか？　ならば、決断するしかない。大杉さんには土下座でもなんでもしよう。

俺は覚悟を決めハルの手を握ったまま分娩室に入った。だが、すぐに自分はなんて無力なのだろうと痛感することになる。痛みに苦しむハルの手を握り励ますことしかできないのだ。

人ひとりをこの世に送り出すということは、こんなに大変なことなのか……。

必死にいきむハルを見て思わず泣きそうになった。

今ハルは命がけで好きな男の子供を産もうとしている。その必死さが伝わってきて胸を抉られる思いだった。

完全に俺の負けだ。すまない。ハル……ここに居ていいのは産まれてくる子の父親だけだ。俺は分娩室に入るべきではなかった。

そう思った時、緊迫感漂う分娩室に赤ん坊の泣き声が響く。医師も助産師も看護師も、そして産まれたばかりの赤ん坊を胸に抱いたハルも眩しい笑顔だった。しかし俺は笑えなかった。

「可愛い女の子ですよ。お父さんも抱っこしますか？」

看護師に声をかけられたが、父親ではない俺はこの子を抱く資格などない。

「いえ、私は結構です」

心の中で何度もハルに詫びながら分娩室を出た。

陣痛室に戻るとお母さんが「産まれたのね？」と駆け寄って来る。

「はい……可愛い女の子です。遥香さんも元気そうでした」

「あぁぁ……そう。良かった……」

俺は飛び上がって喜ぶお母さんに深く頭を下げ、自分の正体を明かした。

「私は遥香さんの婚約者ではありません」

「えっ……？」

「子供の父親でもありません」

真実を知ったお母さんの驚きは相当なもので、腰が抜けたようにその場に座り込み呆然と俺の顔を見上げている。

「遥香さんにお伝えください。どうか幸せに……産まれた子供と、そして大杉さんと幸せになってくださいと……では、私はこれで失礼します」

絶句したまま放心状態のお母さんに再び一礼してドアノブに手をかけた時、後ろから弱々しい声が聞こえてきた。

「じゃあ、あなたは……誰？」

「私ですか？　私は……未練がましい詐欺師……ですかね」

ドアを閉めると一度だけ振り返って母になったハルの顔を思い浮かべ微笑む。

さっきは笑えなかったからな。ハル、元気でな。これで本当にさよならだ。最後にハルの本当の笑顔が見られて良かったよ……。

7 優しい嘘に愛を込めて

病室に入ると既に城山さんは帰った後だった。彼は母親に自分は子供の父親ではないと告げ、私に幸せになってくれと伝えて欲しいと言って去って行ったそうだ。

その後、母親に子供の父親はどうして来ないのだと問い詰められたが、本当のことは言えなかった。

『あの子に父親は居ないの。私がひとりで育てる。お母さんには迷惑かけないから』

そう言うと母親は青ざめて頭を抱えていた。でも、家庭のある城山さんに真実を知られなくて良かった。もう会えないと思っていた彼に出産に立ち会ってもらえたんだもの。それだけで十分。私にはこの子が居るから寂しくなんかない。

廊下から硝子越しに我が子を見つめ、強くならなくてはと自らを鼓舞する。

予定より早く生まれた娘は標準より小さく保育器に入れられていた。

抱くこともできず、こうやって眺めるしかないので暇さえあれば新生児室が見えるここに来て娘の寝顔を眺めている。

「そろそろ昼食の時間か……」

名残惜しくて何度も振り返りながら病室に戻ると、枕の横でスマホが震えていた。

取りあえず子供のことはまだ黙っておこうと思いつつ電話に出たのだが……。

「えっ……彰？」

『おい！　遥香、お前、子供を産んだって本当か？』

バレていた。でも、なんで彰が知ってるの？

『俺の子供ってどういうことだ？』

私が産んだ子を彰の子供だと思っている人はひとりしか居ない。

「まさか……城山さんに聞いたの？」

彰はついさっき日本に帰国したそうで、空港を出ようとした時、城山さんから電話がかかってきて突然『おめでとうございます』と言われたらしい。

『なんのことかと思ったら、出産祝いだって言うじゃないか。俺と遥香は四年前に別れてから妊娠するようなことは何もしてないだろ？　なんで今、俺の子供ができるんだ？』

当然の疑問だ。でも城山さんが彰にお祝いの電話をするなんて全くの想定外。

「ごめん……ちょっと事情があって……それで、彰は城山さんに自分が父親じゃないって言ったの？」

彰が本当のことを言ってしまったら全てが水の泡だ。

しかし彰は城山さんが何を言っているのか分からず、ポカンとしている間に電話が切れてしまったのだと。

「じゃあ、城山さんはまだ子供の父親は彰だと思っているんだね」

『だろうな。てか、どういうことかちゃんと説明しろよ』

仕方なく事情を説明すると彰の大きなため息が聞こえてきた。

『なんだよそれ……とにかく電話じゃなんだから、そっちに行くよ。病院の名前を教えてくれ』

そして待つこと三時間、彰が大きなキャリーバッグを引いて現れた。

「ったく……知らない間に父親にされていい迷惑だ」

「ごめんね。城山さんに誰の子だって聞かれた時、彰の顔しか思い浮かばなかったの。でもまさか、城山さんが彰に電話するなんて……」

「城山さんな、お祝いの言葉の後、俺に詫びたんだ。子供の父親のふりをして出産に立ち会った。非常識なことをして申し訳なかったって……」

「そう……」

謝らなければならないのは、私の方なのに……。

「迷惑かけた彰にこんなこと言えた義理じゃないけど、城山さんには子供の父親のことは黙っていて欲しいの」

彰は渋々頷くが、本当にそれでいいのかと心配そうに私を見つめる。

「城山さんには家庭があるから……彼の幸せを壊したくない」

「でもな……」

彰がそう言いかけた時、病室のドアが開き母親が入って来た。

母親に彰を紹介すると「あなたが大杉さん？」と顔が綻び、子供の父親なのかと詰め寄る。しかし彰との関係を説明した途端、落胆の表情を見せた。

「四年も前に別れてたなんて……」

彰から手渡された名刺を眺め母親がため息をつく。

「お母さん、黙っててごめん。彰はずっとアメリカに行っていたから子供とは無関係なの……」

「それじゃあ、やっぱりあの人が……」

母親はまだ城山さんが父親なのではと疑っていた。

「やめてよ。彼はアメイズの社長で、たまたまこっちに来たから寄ってくれたの」

「アメイズの社長……？」

「うん、社長が来たのと同時にお腹が痛くなって……で、驚いた社長が私を病院に運んでくれたってわけ」

母親の疑惑を晴らそうとわざと明るい声で笑ってみせる。

「……あっ！　だからあの人、詐欺師って……」

「詐欺師？」

「ううん、なんでもない」

母親は少々天然なところがあるから時々妙なことを言う。

それから一時間ほど三人で他愛のない話をして過ごし、彰が帰ると言うのでエレベーターまで送ることにした。

「せっかくだから遥香の子供の顔を見て行くか」

「うん、すっごい美人だよ」

ナースステーション横の新生児室に案内し、硝子越しに保育器を指差す。

「あんまよく見えないな」

「あ、でも起きてるみたい。ほら、目を開けてる」

「じゃあ、俺の可愛い娘の写真を撮っておくか……」

彰はチクリと嫌味を言うとズームで娘の写真を撮りまくっていた。そしてベストショットが撮れたと満足げにエレベーターに乗り込む。だけど、振り返った彼の顔に笑みはなかった。

「本当にこのままで大丈夫なのか？」

「うん、大丈夫。私は元気だから」

笑顔で手を振ったけれど、エレベーターの扉が閉まると泣きそうになる。

泣いちゃダメなのに……娘の為にも強くならなきゃいけないのに……。

とぼとぼと新生児室の前に戻り、唇を噛み締め我が子を見つめていると背後から名前を呼ばれた。見れば、看護師さんが押す車椅子に乗った父親が私を凝視している。

そうだった。お父さんも足を骨折してこの病院に入院していたんだ……。

この世で一番会いたくない人の登場に動揺して顔が強張る。

「あ、もしかして桜宮さんの娘さんですか？」

看護師さんの問いかけにコクリと頷くと、その看護師さんが意外なことを言った。

「桜宮さん、お孫さんに会うのを凄く楽しみにされていたんですよ。朝からナースコールを何度も鳴らして孫の顔を見たいので連れて行ってくれって。担当の先生も根負けして特別に許可を出してくれたんです」

そんなの信じられない。お父さんのことだから、結婚もせず勝手に子供を産んだ私のことを怒っていて、娘に会う気なんてないだろうと思っていた。

「桜宮さんね、お孫さんの動画を撮りたいみたいですよ。お願いしてもいいですか？」

看護師さんは私に父親のスマホを差し出し「後でまた迎えに来ますね」と微笑み去って行く。

一気に気まずい雰囲気になり、緊張が増して父親の顔を見ることもできない。すると父親が低い声でボソッと言った。

「どの子だ？」

「あ、そこの保育器の中に居る子……」

「保育器？　病気なのか？」

「ううん、ちょっと小さかったから……元気だよ」

ぎこちない会話を交わしている間も、娘の父親のことを聞かれたらどうしようとひやひやしていた。

「そうか。早く動画を撮ってくれ」

「う、うん」

動揺しているせいで手が震え画面が揺れる。ようやく撮り終えてスマホを父親に渡すと、そのブレた動画を食い入るように見つめ、微かに微笑んだ。

嘘……お父さんが笑ってる。

「遥香の生まれた時に似ているな」

「赤ちゃんは皆よく似た顔してるよ」

なんでもない親子の会話だけれど、私と父親は普通の親子じゃない。九年間、疎遠になっていた断絶親子だ。言葉を交わすだけでも奇跡に近い。

そして少しの沈黙の後、父親が思いもよらぬことを言った。

「……遥香、辛い思いをさせてすまなかったな」

「えっ？」

「お前や母さんには本当に悪いことをした。昔の俺はお前達を自分の所有物のように思っていたんだ。だからお前達が自分の意に沿わないことをすると腹が立って怒鳴り散らしていた。でもな、この歳になってやっと気付いたんだ。その考えは間違っていたって……」

こんなに穏やかに淡々と話す父親を初めて見た。

「子供のことは心配するな。父親が居ないのなら、俺が父親の代わりをしてやる」

お父さんが、この子の父親に……？

「冗談は……やめてよ」

「バカ、冗談なんかじゃない。遥香にしてやれなかったことをこの子にしてやりたいんだ。退院したら家に帰って来い。いいな？」

勘当されて当然だと思っていたのに……。

いや、むしろそうして欲しいと思っていた。そうすれば、父親と縁が切れるから。

でも、絶対に許せないと思っていた父親の言葉が深く心に沁みていく。

「父親の居ない子を産んでお父さんに怒られると思ってた」

「誰が父親かなど関係ない。遥香が産んだ子だ。俺の孫に間違いないだろ？」

お父さん……。

慈愛に満ちた優しい目で娘を眺める父親を見て、怒りや憎しみといった感情が水泡が弾けるように消えていくのを感じた。

「本当に、家に帰っていいの？」

「何を遠慮している？　自分の家だ。堂々と帰って来い」

他人より遠い存在だった父親が今は凄く近くに感じる。これが親子なんだ。

そんなことを思いながら、私は父親に対し、生まれて初めて感謝の言葉を口にした。

「ありがとう……お父さん」

――三ヶ月後。

退院後に実家に戻った私は、もう東京には行かずここで娘を育てようと思っていた。

両親が傍に居てくれるお陰で初めての育児に戸惑うことなく、日々、余裕を持って娘に接することができるし、何より、娘の物心がついた時、父親が居ない寂しさを両親が埋めてくれるのではと思ったからだ。

「ねぇ～蓮香《れんか》、おじいちゃん、父親代わり頑張ってるもんね」

今日は天気がいいので縁側に座り、蓮香と日向ぼっこをしてまったりと過ごしている。

蓮香の〝蓮〟は、城山さんの名前から拝借し、〝香〟は私の名前を一文字取り名付けた。

城山さんと私の愛がひとつになって蓮香が生まれたという意味を込めたのだけれど、その話をこの子にできるかは分からない。でも、あなたのお父さんは素敵な人だったということは伝えたい。

澄んだ瞳で私をジッと見る可愛い娘に笑顔を向けながら呟く。

「お父さんと同じ瞳……綺麗だよ」

蓮香は城山さんのヘーゼルを受け継いでいた。だけど、それも良し悪し。蓮香の瞳を見ると彼を思い出して時々辛くなる。

「今頃、パパはどうしているんだろうね」

少しばかり感傷に浸っていると買い物に行っていた両親が帰って来た。

私が子供の頃はお母さんの買い物にお父さんが付き合うことなんてなかったのに、今は本当に仲睦まじい夫婦だ。なんだかちょっぴり羨ましい。

「蓮香、起きてるの？」

縁側に来た母親が蓮香の顔を覗き込みニッコリ笑う。

「うん、そろそろミルクの時間かな」

私は母乳がほとんど出なかったから蓮香はミルクオンリーだ。

立ち上がろうとすると母親が私の手を掴み神妙な顔をする。

「ねぇ、本当にこのままでいいの？」

母親は未だに私がひとりで蓮香を育てることに難色を示していた。

「せめて相手の人に真実を伝えなさい。向こうだって自分の子供が居ると分かれば、知らん振りはしないわよ。その人のこと……まだ好きなんでしょ？」

お母さんは蓮香の本当の父親が城山さんだってことに気付いてる。お母さんは保育器から出た蓮香を初めて抱いた時、驚いたように息を呑み『この子の目……』と呟いた。でも、それ以上は何も言わず、たまにこうやって私の気持ちを確かめようとやんわり聞いてくるのだ。

「だから、その話はもう……」

そう言いかけた時、父親が会話に割って入り、不機嫌そうな顔で母親を睨む。

「蓮香の父親は俺だ。母さんは余計なことを言うんじゃない」

父親は蓮香にデレデレで可愛くてしょうがないって感じだ。

退院したばかりの頃、私はお父さんに東京に戻るか迷っていると言ったことがあったのだが、その時のお父さんの反対っぷりは凄かった。

「お父さんね、遥香に避けられたことが相当ショックだったみたい。だから孫には嫌われないようにって必死なのよ」

母親の言葉に父親がムッとして「孫を可愛がって何が悪い」と開き直る。

そんな両親のやり取りを苦笑いで見つめ、愛しい娘の頭をそっと撫でた。

私達が本当の家族になれたのは蓮香のお陰。ありがとうね……蓮香。

——一週間後の日曜日。

ミルクを飲み終えてウトウトし始めた蓮香を座敷のベビーベッドに寝かせた直後、家の電話に幼馴染みの同級生、美緒《みお》から連絡があった。

美緒は、地元に帰って来たことをどうして教えてくれなかったのだと文句を言うと、久しぶりに会いたいからランチに行こうと誘ってきた。

私が地元に帰って来たことは誰にも言ってないのに、どうして知っているんだろう？

よくよく話を聞くと、数日前、母親とスーパーでばったり会い、その時、私のことを聞いたらしい。

「遥香が居た東京ほどじゃないけどさ、こっちもお洒落なカフェとかいっぱいできたんだよ。ねぇ、ちょっとでいいから顔見せてよ」

私も久しぶりに美緒と会いたい。でも、蓮香をお母さんに預けて遊びに行くのは気が引ける。

迷っていたら、後ろに居た母親が「たまには息抜きも必要よ」と私の肩を叩いた。

「私が蓮香を見ていてあげるから、美緒ちゃんとご飯食べてきなさい」

その言葉に甘え美緒と会ったのだが、そこで意外な事実を知ることになる。

「えっ、美緒、離婚したの？」

「うん、三ヶ月前にね」

美緒は高校を卒業してすぐ妊娠していることが分かり、当時付き合っていた彼と結婚した。その後、東京の大学に進学した私の元には毎年、美緒から幸せそうな家族の写真入りの年賀状が送られてきていたのだ。だから夫婦仲は上手く行っている。そう思っていたのに、まさか離婚していたなんて……。

「今は実家の近くのアパートで息子とふたりで暮らしてるの」

「アパートって……実家には帰らなかったの？」

「父さんがね、世間体を気にして帰ってくるなって。田舎は色々うるさいから」

その言葉を聞き、胸がチクリと痛んだ。

きっと、結婚もしないで子供を産んだ私のことも近所で噂になっているんだろうな。

でも、お父さんはそんなことは気にせず、毎日、蓮香を抱いて散歩に連れて行ってくれる。それって、凄く有難いことだよね。

「離婚したなんてわざわざ連絡して言うことでもないからさ……」

辛いことは話したくない。そんな美緒の気持ち、分かるよ。私も城山さんのことは触れられたくないもの。

美緒は離婚する時、子供の親権者をどちらにするかで元旦那と揉めたそうだ。

「私、息子を奪われたらもう生きていけないって思った。だから、裁判で親権を取ることができて今は本当に幸せなの。息子が居れば、何もいらない」

子供の話をする美緒の笑顔はキラキラ輝いていて、その言葉に嘘はないと思った。

離婚して辛い思いもいっぱいした美緒が今笑っていられるのは息子さんが居るからなんだね。私も時々この先、どうなってしまうのだろうとふと不安に思うことがある。だけど、美緒の笑顔を見てなんだか吹っ切れたような気がした。

私も蓮香が居れば何もいらない。蓮香が居てくれれば、生きていける。


それから三日後のことだった。今度は彰から電話がかかってきた。

彰は開口一番『俺の娘は元気にしてるか？』だなんて意地悪なことを言う。

「もう！　まだ言ってる。で、今日は何？」

『うん、実はな、フォーシーズンがオープンして今年で十年になるそうで、十周年のお祝いパーティーをするって連絡があったんだ。で、マスターがどうしても遥香に来て欲しいって言うからさ。なぁ、たまには東京に出て来いよ』

フォーシーズン、十周年なんだ……。

『マスターが遥香の子供を見たいって言ってたぞ。顔出してやれよ』

マスターには何も言わずこっちに帰って来て不義理しちゃったしな……蓮香にも会ってもらいたい。

「でも……やっぱ、無理かな」

『なんで？　城山さんのことを心配しているなら大丈夫だ。十周年のパーティーの日、彼はアメリカに行って日本には居ないらしいから』

そうなんだ……だけど、私が断ったのは城山さんのことが理由ではない。まだ幼い蓮香を連れて遠出をするのは難しいと思ったからだ。

「蓮香ね、首が据わったばかりなの。そんな蓮香を連れて電車で行くのはちょっと抵抗があるな。それに、あまり人混みの中に入れたくないんだよね」

彰は『遥香もすっかり母親だな』と笑っている。

「申し訳ないけど、今回は遠慮させてもらう。マスターには何かお祝いの品を送るから宜しく言っといて」

彰との電話を終えると隣の居間から母親が顔を覗かせた。

「今の大杉さんでしょ？　せっかく誘ってくれたのに断っちゃ悪いわよ」

母親は話の内容を聞いていたらしく、パーティー出席を強く勧めてくる。それでも私が渋っていると、父親と一緒に自分も東京に行くと言い出した。

「お母さんが東京に何しに行くの？」

「ほら、遥香がお世話になった山本さんにお礼をしなくちゃいけないでしょ？」

私が退院してすぐ、香澄先輩がお祝いに来てくれたんだけど、突然だったのでなんのお構いもできなかった。母親はそれをずっと気にしていたのだ。

「いずれ東京のご自宅に伺ってちゃんとお礼をしないとって思っていたからちょうど良かった」

ちょうど良かったって……もう行く気満々だ。

「それに、山本さんが見えた時、お父さんは仕事で居なかったでしょ。お父さんもお会いしたかったって言ってたし、お父さんの車で行けば、蓮香も連れて行けるじゃない」

「うん……車で行くならいいけど……」

お母さんに押し切られてついそう言ってしまったけれど、お父さんの意見も聞かないとな……。

というわけで、夕食の時に父親に東京に行く気はあるかと聞いてみた。

「あ、あぁ……お世話になった山本さんには、直接会ってお礼を言いたいと思っていたが……」

「ほらね、これで決まり！　今週の土曜日は家族全員で東京よ」

母親は喜んでいたが私は父親の歯切れの悪い返事が気になり、夕食が終わった後「無理して行かなくてもいいんだよ」と再び声をかけた。

父親はすぐには答えず、ビールを半分ほど飲んだ後に口を開く。

「別に無理はしていない」

「本当にいいの？」

念押しした時、父親の視線は私の腕の中の蓮香に向いていた。

「……蓮香の為にもその方がいい」

父親は微笑んでいたけれど、その目はどこか寂しげで、それが妙に引っかかった。

――週末の土曜日、私達家族四人は父親の車で東京へと向かった。

今日の午後五時からフォーシーズンで十周年のパーティーがある。予定では、少し早めにフォーシーズンに行き、マスターに蓮香をお披露目した後、宿泊するホテルに行く両親に蓮香を預けて私はパーティーに参加することになっていた。

でも、私はマスターに十周年のお祝いを渡したらパーティーには参加せず、そのまま両親や蓮香とホテルに行くつもりだった。

蓮香は母乳じゃないから私が居なくても大丈夫だとは思うけど、初めて実家以外の場所に泊まるから不安になりグズるのではと心配だったのだ。

彰やマスターには悪いけど、今回は挨拶だけで許してもらおう。

心の中でふたりに詫びながら車窓へと視線を向け、小さく息を吐く。

そびえ立つ幾つものビルに車線を埋め尽くす多くの車。一年前までは当たり前の風景だったのに、なぜか今は妙な圧迫感がある。それでも路地に入り見慣れたビルが近づいてくると懐かしさで顔が綻び、自然に前屈みになっていた。

「じゃあ、ここでちょっと待ってて」

眠っている蓮香を抱き、車を降りようとした時のこと、運転席の父親が振り返って私を引き止める。

「何？」

「あ、いや……蓮香の顔をもう一度、見せてくれ」

「お父さんったらどうしたの？ すぐ戻って来るのに……」

そう言いつつ、蓮香の顔を父親の方に向けると目を細めて切なげに笑う。

まるで今生の別れみたいだ。

苦笑しながら半地下へと続く階段を下り〝貸切〟のプレートが下がった重厚な扉を開けた。

しかし店内は薄暗く誰も居ない。それにパーティーの用意もされておらず、シンと静まり返っている。

「えっ……どういうこと？」

まさか日にちを間違えたんじゃ……でも、貸切になっていたし……。

彰に確かめようと鞄の中を探りスマホを手に取った時、カウンターの奥に人の気配を感じた。

笑顔で「マスター？」と声をかけたのだが、違う……マスターじゃない。

その人物が誰か分かった瞬間、驚きで鞄が手から滑り落ちた。

「……ハル、お帰り」

懐かしい低く通る声に心臓がドクンと大きく震える。

嘘……城山さんはアメリカに行っているはず。なぜここに居るの？

この状況が理解できず、蓮香を抱いたまま呆然と立ち尽くしていると近づいて来た城山さんが愛おしそうに蓮香の頬を撫で、ふわりと笑った。

「会いたかったよ。蓮香……」

「蓮香って……どうしてこの子の名前を知ってるの？」

更に頭が混乱して声が上ずる。

「ハル、この子は俺の子供……そうだろ？」

「な、何言ってるの？　城山さんも知ってるでしょ？　この子は彰の……」

「もう、嘘はつかなくていい」

城山さんはジャケットの内ポケットからスマホを取り出し、ディスプレイを私に向けた。

「この写真の子は蓮香だよな？」

それは保育器の中に居る赤ちゃんの写真。足には取り違えを防ぐタグが巻かれていて【桜宮ベビー】という文字が見て取れる。

どうして城山さんが蓮香の写真を持ってるの？

でも、それ以上に衝撃を受けたのは、この写真が城山さんと蓮香が親子だということを証明していたから。

目を開けた蓮香の淡褐色の瞳が鮮明に写っている。

「これは大杉さんが送ってくれたものだ」

彰が？　あぁ……そうか。彰が病院に来た時、蓮香の写真を撮っていたんだ。でも、彰はなぜ、城山さんに蓮香の写真を送ったの？

彰が私との約束を破るはずがないと思ったが、理由はなんであれ、ここまで証拠が揃っていたらもう誤魔化しきれない。

だけど、城山さんはどうして自ら進んで自分の幸せを壊そうとするんだろう？　私は城山さんのことを思って必死に隠してきたのに……。

「城山さんはバカだよ。知らなくていいことを知ってしまって……本当は後悔しているんじゃない？」

しかし彼は笑顔で首を振る。

「いや、知らなければ後悔するところだった。俺は真実を伝えてくれた大杉さんとハルのご両親に心から感謝している」

「私の……両親？」

「そう、ご両親の決断がなかったら、俺は一生、ハルに会うことも、我が子を抱くこともなかっただろう」

城山さんが言うには、私の母親が十日ほど前、あることを確かめたくて彰に電話をかけたのだと……。

「本当は、直接俺に連絡しようと思ったらしいが、その前にハルが蓮香を俺の子供だと認めない理由が知りたくて大杉さんに電話をしたと言っていたよ」

私が蓮香の父親のことを決して口にしなかったのは、城山さんに家庭があったから。既婚者だと分かれば、きっとお母さんはショックを受ける。

案の定、母親は彰から城山さんが結婚していると聞き、かなり動揺していたらしい。しかし母親は、たとえ城山さんが結婚していたとしても真実を伝えた方がいいと思ったようで、今から城山さんに電話をすると彰に言った。

それを聞いた彰は焦った。母親が直接城山さんと話をしたら大事になるのではと思ったからだ。なので、自分が城山さんと話をするからと母親を宥めその場を収めた。

でも、そうは言ったものの蓮香のことは私に口止めされている。どうしたものかと相当迷ったそうだ。

「大杉さんは悩んだ末、蓮香が俺の子供だという事実だけを伝えようと俺に電話をしてきたんだ。だがそこで、俺と大杉さんはそれぞれ真実を知ることになる」

「それぞれ？」

「ああ、俺は、蓮香が俺の子だということを知り、大杉さんは、俺が結婚していないということを知ったんだ」

えっ……城山さんが結婚……してない？

「そんなはずは……だって城山さんと元婚約者の間には子供が……城山さんは責任を取るって彼女と約束したんでしょ？」

「と……水森さんに聞いたんだよな？　だがそれは水森さんの勘違い。俺がカフェで会っていた女性は流の元カノだ」

「流君の元カノ？　じゃあ、その彼女が抱いていたのは……」

「そう、俺の子供ではなく、流の子供だ」

あぁ……そんなことって……。

頭の中が真っ白になり、完全に思考が停止した。それと同時に全身の力が抜け、危うく蓮香を落としそうになる。その様子を見た城山さんが素早く私の腰に手をまわし、蓮香ごと体を支えてくれた。

「城山さん、私……」

混乱して言葉が出てこない。そんな私を城山さんはボックス席のソファに座らせ、あの日、何があったのかを丁寧に説明してくれた。

私にとってその内容は、運命のいたずらとしか言いようがない驚愕の事実だった。

「誤解とすれ違いという不幸な偶然が重なり、俺達は離れ離れになってしまったんだよ」

不幸な偶然……確かにそうかもしれない。でも、その不幸な偶然を回避するチャンスが全くなかったというわけではない。

アメリカに到着した城山さんから電話がかかってきた時、勇気を出して子供のことを聞いていたら、あんな辛い決断をしなくて済んだ。私は自ら幸せを手放していたんだ。

「大杉さんはそのことを知り、蓮香の写真を送ってくれたんだ。そして俺はハルのお母さんに今からハルを迎えに行くと連絡した。しかしそのすぐ後にお父さんから電話がかかってきて……」

娘と孫は自分が城山さんの元に送り届ける。それまでは親子水入らずで過ごさせて欲しいと頼まれたそうだ。

「お父さんがそんなことを?」

「ハルからお父さんの話を聞いていたからな。まさかそんなことを言われるとは思ってもいなかったから驚いたよ。でも、お父さんの本心を知ることができて良かった」

城山さんは父親の気持ちを汲み、待つと約束した。

「だからハルにはギリギリまで事実を伏せ、ご両親と普段通りに過ごしてもらった。そして怪しまれないよう東京に呼んだんだ」

「じゃあ……フォーシーズンの十周年パーティーっていうのは……」

「ああ、それは、俺が大杉さんに頼んで芝居をしてもらったんだ。もちろん、マスターの了解を得てな。ちなみにフォーシーズンの十周年は来年だそうだ」

あぁ……そういうことだったんだ。何も知らなかったのは私だけ。両親も彰もマスターも、皆一緒になって私を騙していた。でもそれは、お父さんの願いを叶える為の嘘。優しい嘘だったんだ……。

「昨日、お父さんから電話がかかってきて言われたよ。遥香を泣かせるようなことがあったら、すぐに娘と孫を連れ戻しに行く……ってな。だから俺も言い返しておいた。ハルと蓮香は絶対に幸せにする。手放すつもりはさらさらないと」

「あぁ……」

お父さんは本気で蓮香の父親になろうとしてくれていたものね。だからお父さん、東京に行くって言った時、元気がなかったんだ……それに、さっき車を降りる時、あんな寂しそうな顔していたのは、これが本当の別れだと分かっていたから。そんな気持ちも知らず、私ったらバカにして笑ったりして……ごめんね、お父さん。

城山さんの気持ちと父親の思いが伝わってきて涙が溢れ出す。彼はその涙を長い指で拭い、真剣な表情で続けた。

「俺達はここから始まったんだ。初めてふたりが会った場所からやり直そう」

「やり直す……？」

「そう……もう一度、君を口説かせてくれ」

城山さんは私の頬を手で覆うと淡褐色の瞳を細め長い息を吐く。

「俺はハルの笑顔を見る為に生まれてきたんだ。だからこの命が尽きるその日まで、君の笑顔を間近で見ていたい」

そして彼は私と蓮香を包み込むように抱き締め言った。

「ハル……俺の妻になってくれないか？」

もう会うことさえ叶わないと思っていたのに、彼の口からプロポーズの言葉を聞くことになるなんて……。

「返事は？」

そんなの、分かっているくせに。もちろん答えは「はい」だ。

満足そうに微笑んだ城山さんが蓮香の寝顔を眺め、小さな額にそっとキスを落とす。

「ハル、俺の子供を産んでくれてありがとう」

お礼を言わなきゃいけないのは私の方だよ。城山さん、私を蓮香の母親にしてくれてありがとう。

でも、その時、抱いていた蓮香が目を覚ましグズり出す。娘の泣き声を聞いた瞬間、私は愛する男性《ひと》を求める女から、一瞬にして母親へと気持ちが切り替わる。

城山さんにはそれが驚きだったようで「俺は蓮香の泣き声に負けたのか」と微苦笑していた。

「母親は皆そう。何より子供優先だから」

そろそろミルクの時間だ。それにおむつも替えないと……。

しかしミルクもおむつも父親の車に置いてきてしまった。

近くのドラッグストアに買いに行こうと鞄を持って立ち上がった時、店の扉が開いてマスターが入って来た。

「感動の再会は無事済んだかな？」

そう言って差し出してきたのは、蓮香の荷物が入ったマザーズバックと見覚えがあるキャリーバッグ。

「今まで外でハルちゃんのご両親と話をしていたんだよ。で、これを預かった」

「お父さん達、まだ居たんですか？」

一言、お礼が言いたくて駆け出すも、マスターに引き止められる。

「ご両親はもう帰られたよ」

両親は今から香澄先輩のマンションに行き挨拶を終えたら、ホテルには泊まらず、そのまま実家に帰ると言っていたそうだ。

お父さん達、初めから日帰りするつもりだったんだね……。

「そうそう、ハルちゃんのお父さんからの伝言を預かっていたんだ」

その伝言とは、蓮香が城山さんに懐かなかったら実家に帰って来いという父親の最後の悪あがきだった。

そんなことを言われたら城山さんも心中穏やかではないようで、自分がおむつを交換してミルクを飲ませると意気込む。が、蓮香は城山さんに抱かれた途端、烈火の如く泣き出した。

「あぁ……やっぱり私がするね。蓮香にしてみれば、城山さんは初めて会う人だから仕方ないよ」

「初めてって……出産の時に会ってるじゃないか」

「あの時はまだ目がよく見えてなかったのよ。それに、人の判別なんて無理」

精一杯フォローしてミルクを作っていると、突然蓮香の泣き声がピタリと止まった。

見れば、マスターが蓮香を抱っこしている。

「えっ……」

微妙な空気が流れるも、マスターはご機嫌で蓮香をあやし、おむつ交換までしてくれた。

「マスターも初対面なのに、泣かないんだな……」

城山さんが不服そうに零すとマスターが城山さんの顔を覗き込みニヤリと笑う。

「そういえば、城山さん、蓮香ちゃんが産まれた直後に看護師さんに蓮香ちゃんを抱っこしますか？　って聞かれたけど、断ったって言ってたよね。もしかしたら蓮香ちゃん、あの時のこと恨んでるのかもしれないよ」

「蓮香が俺を……恨んでる？」

城山さんはマスターの言葉を真に受けたようで、完全にメンタルをやられどんより落ち込んでいる。

「もぉ～マスターったら、悪い冗談はやめてよ。あの時、城山さんは蓮香を彰の子供だと思っていたから抱けなかったんだよ。それに、産まれたばかりの蓮香がそんなこと覚えているわけないじゃない」

私は呆れて笑うが、マスターは絶対にそうだと言って譲らない。

「じゃあ、もう一度、試してみよう」

マスターはおむつが綺麗になって機嫌が良くなった蓮香を城山さんに抱かせる。すると、蓮香の顔がくしゃりと歪み、また大泣きした。

「ほら、やっぱり蓮香ちゃんは分かっているんだよ」

なんて自信満々に言うが、普通に考えてそんなことあり得ない。でも、マスターが抱くと蓮香は泣き止む。その現実を目の当たりにした城山さんは言葉少なになり、蓮香の視界に入らないよう少し離れた場所に座ってミルクを飲む娘の顔を遠慮気味に眺めていた。


「あぁ……綺麗」

城山さんのマンションに到着した私は、久しぶりに見る都会の美しい夜景に見惚れため息を漏らす。

「ここに来るのは一年ぶりだね。でも、何も変わってない」

「ああ、何も変えてない。ハルが居た時のままだ」

城山さんは、私が好きだったこの夜景を見ると楽しかった日々が思い出され、辛くなるので引っ越そうかと考えていたそうだ。

「だが、俺がここを出れば、ハルとの思い出が消えてしまうような気がしてね。引っ越すことができなかった」

後ろから私を抱く彼の腕をギュッと握り、再会の喜びを嚙み締める。

「城山さん……ありがとう」

暫く彼に抱かれたまま煌びやかな夜景を眺めていたが、城山さんが急に「おいで」と言って歩き出す。連れられた場所は寝室。キングサイズのベッドの横に可愛いピンクのベビーベッドが用意されていた。更に蓮香がグズればすぐに分かるようにと、ベビーモニターも設置されている。

「気に入ってくれたか?」

「うん、とってもキュートなベッドだね。きっと蓮香も喜ぶよ。それに、ベビーモニターがあれば、私も助かる」

城山さんは他にもベビーカーや紙おむつやミルクなど、育児に欠かせない物を母親に聞いて全て用意してくれていた。

ベビーベッドにそっと蓮香を寝かせ、ふたりで寝顔を見つめる。そんな何気ない時間にこの上ない幸せを感じ、感極まってまた泣きそうになった。

「結局、最後まで俺を見て泣いていたな」

城山さんは、本当に蓮香に嫌われたのではと心配しているようで、蓮香の頬を撫でながら落胆の息を漏らす。

「大丈夫。明日になったら抱っこさせてくれるよ」

「ならいいが……」

蓮香がよく眠っているのを確認してリビングに戻ると、もうひとつのサプライズが待っていた。

城山さん手作りのフレンチのフルコースをご馳走してくれたのだ。

オードブルは鯛を軽くスモークしたカルパッチョ。そして今回のスープはジャガイモの冷製スープだ。

滑らかな舌触りに思わず「美味しい！」と声を上げ、はしゃぐ私を城山さんが嬉しそうに眺めている。

その後、出されたオマール海老のビスクや牛フィレ肉のステーキも絶品で大満足。

実家では煮物や焼き魚が多かったから、こんなご馳走久しぶりだ。

デザートのフルーツケーキを食べ終え、至福の一時に浸っていると城山さんが私の前の席に腰を下ろし「実は、おめでたい話があるんだ」と切り出す。

「大杉さんも結婚するらしい」

「ええっ！　彰が結婚？」

彰は以前、アメリカで水耕栽培を研究している会社の社長秘書と付き合うことになったって言っていたけど、まさかそこまで話が進んでいたなんて……。

「でも、彰は結婚のことなんて何も言ってませんでしたよ」

「俺からハルに言って欲しいと頼まれたんだ。そしてもうひとつ。彼から君に伝えてくれと言われたことがある」

「なんですか？」

私が身を乗り出すと、城山さんも負けじと前屈みになる。

「それはな、『もう遥香の面倒を見ている余裕はない。それと彼女が焼きもちを妬くからあまり電話してくるな』だそうだ」

「何それ？　それじゃあまるで私がお荷物みたいじゃない」

ムッとするも、城山さんはその言葉を否定して人差し指を立てる。

「大杉さんは最後にこうも言っていた。『でも、俺と遥香は一生、友人だからな』と。やっぱり男女の間に友情は存在するようだ。ハルと大杉さんは間違いなく真の友人だよ」

ありがとう城山さん。あなたにそう言ってもらえるのが一番嬉しい。そして彰、おめでとう。男女の関係では上手く行かなかったけれど、彰は私の大切な人。アメイズに入社して彰と出会えて本当に良かった。彰が居なかったら城山さんとも付き合っていなかったかもしれないもの。どうか彼女と幸せに……私も彰に負けないくらい幸せになるから。

心の中でそう呟き微笑んだ時だった。目の前の城山さんが突然立ち上がりキッチンに向かう。

もう全ての料理を食べ終えたと思っていたけど、まだ何かあるのかな？

期待を込めキッチンに立った彼を注視していると、慣れた手つきで厚手のグラスの縁にスライスしたレモンを滑らせ、そのグラスをひっくり返して小皿の中の塩の上に飲み口を押し当てた。

「あ、城山さん、それって……」

彼は両方の口角を上げて頷くと、綺麗なスノースタイルになったグラスの中に氷を落とし、ウォッカとグレープフルーツを注ぎ入れる。それを軽くステアして私の前に置いた。

「ソルティドッグだよ。ハルが好きな良く冷えたレーズンバターもある」

至れり尽くせりとは、まさしくこのことだ。感激しつつソルティドッグを口に含むとフルーティーな香りと共にグレープフルーツの苦みと塩の塩味が口腔内に広がる。

「凄く美味しい」

「それは良かった。今まで蓮香の世話でゆっくり酒を飲む暇もなかったんじゃないかと思ってね」

確かに蓮香を出産した後は自分のことを構っている時間などなく、夜もまともに寝られない時期が続いてボロボロだった。両親が居なかったら、私は確実に産後鬱になっていたと思う。でも、世間ではそんな妻を気にかけてくれる夫は少ないと聞く。だけど城山さんは育児の大変さを知らないはずなのに、こんなに優しくしてくれて労をねぎらってくれる。

「城山さんって、優しいね……」

どういうわけか出産してから涙もろくなってしまったようで、ちょっとしたことで涙ぐんでしまう。

「ハル……優しいのは君の方だ。ハルは俺の幸せを願い、身を引いてひとりで俺の子供を産んでくれたんだ。一度、飯を作ったくらいでは全然足りない。今まで辛い思いをさせた分、いや、それ以上、幸せにするからな……」

座っている私の頭を撫でた城山さんが涙で濡れた頰にキスをした。

「ハル、笑顔を見せて……」

こんな時に酷なリクエストだなと思ったが、彼を見つめ精一杯微笑む。そして見つめ合った私達はどちらからともなく顔を近づけ、唇を重ねた。

あぁ……懐かしい城山さんの唇……柔らかくて温かい城山さんの唇だ……。

軽く触れただけの優しいキスだったけれど、彼の媚薬のような口づけは私の思考を麻痺させ、忘れかけていた感情を呼び覚ます。

「もっとキスして欲しいって顔してるな」

私の欲望のサインを感じ取った彼がくすりと笑った。

図星を突かれ頰を赤く染め下を向くも、そう思っていたのは私だけではなかったようで……。

「実を言うと、俺もハルが欲しくて堪らない……」

私の顔が映り込んだ淡褐色の瞳が熱っぽく揺れている。

私達は再び唇を重ねると離れていた時間を埋めるように何度もキスを交わした。

もう止められない……そう思った時、突然城山さんが私を抱き上げ歩き出す。

「な、何？　どうしたの？」

「そろそろ蓮香の母親から俺のハルになってくれ」

彼は私をリビングのソファの上に下ろすと覆いかぶさるように上になり、骨ばった手で私の前髪をかき上げた。

「もう我慢の限界だ……」

それは私も同じ。だけど、妊娠出産を経て体型が変わってしまった自分の体を城山さんに見られるのが恥ずかしくて目を伏せる。

「でも……私、前より太っちゃったし……」

「バカだな。ハルはハルだ。何も変わっていない」

「そんなことない。きっとがっかりする」

胸の前で腕を交差させると、城山さんがスマートスピーカーで照明の明かりを少し絞り「これでいいだろ？」と私の頬を撫でた。

「ほら、顔を上げて」

顎に添えられた長い指に押され顔を上げれば、薄暗がりの中、間接照明の光を背に受け影になった城山さんの顔が視界に入る。

微かな明かりでも分かる。彼の情欲に満ちた瞳……。

その瞳を見た瞬間、心臓がドクンと跳ね、体の芯がじんわり熱くなるのを感じた。

——私も城山さんを求めてる。

それを確信した時、私の名を呼んだ彼が白いシャツを脱ぎ捨てた。露わになった大胸筋の陰影が石膏像のように美しい。

その胸に触れたい……という欲求に抗うことができず手を伸ばすも、指先が肌に触れる寸前、その手を摑まれ引き寄せられた。

頬に感じる滑らかな肌の感触と心地いい体温。そして規則正しい鼓動……。

あぁ……城山さん、ずっとこの胸に抱き締めてもらいたかった。

「ハル……愛してる。もうどこにも行くな」

どこにも行かない。私はずっとあなたの傍に居る。だから、お願い……。

「キス……して」

媚薬のようなあなたのキスが欲しいの……。

8　絶頂の先にあった闇

——翌日のお昼過ぎ、城山さんの弟の流君が奥さんと息子を連れてマンションに遊びに来た。

流君は元カノの亜里沙ちゃんとの間に子供が居ると分かると、バンドを辞め車の整備会社で働き出したそうだ。

「流君、なんだか見違えたな～。大人になったって感じ」

「会社の親父さんが口うるさいおっさんでさぁ、身なりをちゃんとしろとか言うから、腹が立って髪を切って黒に染めてやったんだ」

流君はドヤ顔で胸を張るが、おそらくここに居る全員が彼が言うほど凄いことをしたとは思っていない。流君の隣に座っている亜里沙ちゃんは苦笑しているし、城山さんは呆れ顔。でも、彼なりに頑張っているんだと思うと嬉しかった。

しかし流君のイメチェンより驚いたのは、亜里沙ちゃんを初めて見た時だ。それは亜里沙ちゃんも同じだったようで、目が合った瞬間、ふたり揃って『あっ！』と声を上げたほど。

自分で言うのもなんだけど、私と亜里沙ちゃんは驚くほどよく似ていた。身長もほぼ同じで、違うところがあるとすれば、髪の長さくらい。

私が水森にカフェで城山さんが会っていた女性は私に似ていたかと聞いた時、水森が口籠ったのも納得がいく。今思えば、これが城山さんとのすれ違いの始まりだったんだよね。そしてそのきっかけになったのは、流君の『兄貴の奴、ハルさんが元カノに似てたから惚れたんだ！』という言葉だった。

今更だけど、城山さんの元婚約者は本当に私に似ているんだろうか？

そんな疑問が頭を掠めた時、城山さんがコーヒーを淹れると言って立ち上がる。

しかしコーヒー豆を切らしていたことに気付いたようで、買ってくると足早にリビングを出て行った。すると流君がソファにふんぞり返り、ニソッと笑いながら言う。

「でもさぁ～ハルさんが子供産んでたって聞いた時はビックリしたよ。で、何？　俺の息子を兄貴の子だと思ったんだって？」

流君は「あり得ねぇ～」と言ってバカ笑いしているけれど、私に言わせれば、その態度があり得ねぇ～だ！

「流君が城山さんの元婚約者が私に似てるって言ったから、亜里沙ちゃんを元婚約者だと勘違いしたのよ」

「えっ？　ハルさんが兄貴の元婚約者に似てる？」

「そう、流君、フォーシーズンでそう言ったじゃない」

「またまた～俺がそんなこと言うわけないじゃん」

なんと、流君は自分が言ったことを覚えていなかった。

どうにも納得いかなかった私は当時のやり取りを彼に伝えたのだが、全く記憶にないと言い張る。

「だってさぁ、兄貴の元婚約者は日本人だけど、お父さんがイギリス人だから髪はブロンドで目の色はブルー。背も一七〇センチを超えてたし、ハルさんとは全然似てないよ」

「はぁ？　嘘……でしょ？」

「でも、今だから言うけど、兄貴があの女性《ひと》と別れてくれて良かったよ。俺、あの人苦手だったんだよな～なんか気が強そうで愛想がない感じだったし。だからハルさんとは全然似てませ～ん」

つまり私は酔っぱらいの戯言を信じ、振りまわされていたってこと？

悪びれる様子もなくヘラヘラ笑っている流君に沸々と怒りが込み上げてきた。

「ねぇ、流君……一発、殴らせてくれる？」

「えっ……なんで？」

「私と城山さんが離れてしまったのは、流君のその嘘が原因だったの。だからお願い。一発、殴らせて」

私が本気だと分かった流君は震え上がり、青い顔をしてリビングを逃げまわる。

「流君、待ちなさい！」

「やだよ！　ハルさん、めっちゃ怖い」

ようやく流君を捕まえると、彼が怯えた表情で言う。

「でも、あのことは本当だから」

「あのことって？」

「ほら、ハルさんと初めて会った時、ハルさんは俺の好みだって言ったでしょ？　あれはマジだから」

そんなこと言われても嬉しくもなんともないと流君に冷めた視線を向けた時、背後で妙な殺気を感じた。

「流君、お義兄さんの彼女の遥香さんまで口説いてたの？」

「あ、いや……それは……ハルさんが亜里沙に似てたから……」

さっきまで息子の俊太《しゅんた》君の相手をしながらニコニコ笑っていた亜里沙ちゃんが鬼の

形相で流君を睨みつけ「座って話そうか?」と凄むと流君のトレーナーの襟を掴んでズルズルと引きずって行く。

嘘……亜里沙ちゃんって、あんな細い腕なのに凄い力だ……。

呆気に取られその様子を目で追っていたら、ドアの方でバサッと音がした。

振り返ると城山さんが引きずられている流君の姿を驚きの表情で凝視していて、その足元にはコーヒー豆の袋が転がっている。

「あ、お義兄さん。ご心配なく。いつもの夫婦のコミュニケーションですから」

笑顔でそう言われたら城山さんもそれ以上、突っ込んで聞けなかったのだろう。

「そうか……」と呟き、コーヒー豆の袋を拾い上げ、キッチンに入って行った。


「亜里沙ちゃんは大人しい女性だと思っていたが、妻になると変わるんだな……」

流君達が帰ると城山さんがボソッと呟く。

「ハルも結婚したら亜里沙ちゃんみたいに強くなるのかな?」

茶化すように言うと私を横目でチラッと見た。

「城山さんは他の女性にちょっかい出したりしないでしょ？」

「もちろん、俺はハル一筋だ」

「だったら心配いらないよ。でも、もし私に言えないようなことをしたら……私も亜里沙ちゃんみたいになっちゃうかも」

もちろん冗談だったが、城山さんは微妙な顔をする。

「そんなことを言われた後では出しづらいな……」

苦笑した城山さんがリビングのチェストから取り出したのは、婚姻届だった。夫の欄には既に署名捺印されていて、私が記入すればすぐに提出できる状態になっている。

彼は私をソファに座らせると肩を抱き、秀麗な顔に意味深な笑みを浮かべた。

「俺は浮気はしないと誓うが、ハルになら引きずられてもいいかな……」

「ヤダ……本気で言ってるの？」

城山さんは私の耳元で「半分、本気だ」と囁き、ペンを差し出してくる。それを受け取り、慎重に、そして丁寧に署名をして印鑑を押した。するとそれを待っていたように彼が私の体をソファの背もたれに押し付ける。

「城山さ……んんっ……」

彼の名前を呼び終わらないうちに唇で口を塞がれ、少し強引なキスが続く。ようやく唇が離れると彼は私を抱きすくめ「はーっ……」と満足げに熱い息を吐く。

「これを提出すれば、ハルは俺のもの……俺だけのハルになるんだ」

耳を掠める甘い吐息にドキドキしながら、私も同じことを考えていた。

この婚姻届が受理されれば、城山さんは私の夫。私だけの城山さんになるんだ。

「明日、この婚姻届を区役所に提出しよう」

でも、その前にひとつ頼みがあるのだと……。

「そろそろ〝城山さん〟と呼ぶのは卒業しないか？　明日からは、ハルも城山になるんだから」

「あ……そっか。私、城山遥香になるんだ……」

そう思った時、父親に言われた言葉を思い出し、胸が熱くなる。

昨夜、城山さんのマンションに向かう車の中で私は母親に電話をして今回のことのお礼を言った。

母親が彰に相談しなければ、今の幸せはなかったから。そして私が城山さんの元に行くことを許してくれた父親にも感謝の気持ちを伝えたのだが、その時、父親が涙声で言った言葉が今でも耳に残っている。

『苗字が変わっても、遥香は俺の娘だからな』

そうだよ。私はこの先もずっとお父さんの娘。苗字が変わってもそれは変わらない。二十九年間、慣れ親しんだ名前とさよならするのはちょっぴり寂しいけど、私の幸せは城山さんと蓮香、三人で一緒に居ることだから……お父さん、ごめんね。そして今までありがとう。

そっと涙を拭うと城山さんが心配して顔を覗き込んでくる。

「どうした？」

「ううん、なんだか嬉しくて……」

「そうか……」

城山さんは私の頭をポンポンと軽く叩き、涙が止まるまで抱き締めてくれていた。

次の日、朝一番で区役所に婚姻届を提出し、私と城山さんは晴れて夫婦となった。蓮香も実子として城山の籍に入り、私達は家族になったのだ。

「蓮さん、蓮香共々宜しくね」

呼び慣れない名前に少し照れつつ頭を下げると彼もペコリと頭を下げる。

「こちらこそ、宜しく。城山遥香さん」

全て順風満帆……と言いたいところだけれど、ひとつだけ問題があった。それは、未だに蓮香が蓮さんを拒絶しているという悲しい事実。

ひとたび蓮さんの姿が視界に入ると火が点いたように泣き出すのだ。これには蓮さんもほとほと困った様子で、我が子を抱きたいのに抱けないというジレンマに悶々としていた。

そして区役所を出た私達が向かったのは、アメイズだ。

今朝、蓮さんに婚姻届を提出したらアメイズに行こうと言われた時、私は一回断っていた。

あんな強引な辞め方をして皆に迷惑をかけてしまったんだもの。合わせる顔がない。

でも蓮さんが少し出社が遅れると専務に電話をした時『婚姻届を出しに行った後、妻と娘を会社に連れて行く』と言ってしまったのだ。それに、水森が流君の息子の俊太君を蓮さんの子供だと勘違いしたことをずっと悔いていたと聞かされ、直接会って気にしていないということを伝えたくて顔を出すことにした。

それでもやはり、会社のドアの前に立つと緊張して足が震える。

歓迎されなくても仕方ないと覚悟を決め、ドアを開けた蓮さんに続きオフィスに入ったのだが、予想に反してそこには多くの笑顔があった。

社員全員がドアの前に集まり拍手で迎えてくれたのだ。そして祝福の言葉があちらこちらから聞こえてくる。

「城山社長、桜宮主任、ご結婚、おめでとうございます！」

「ああ……皆……」

勝手に仕事を放り出して会社を辞めた私を許してくれるの？

涙もろくなっていた私の涙腺は一気に崩壊。蓮さんのスーツの裾をギュッと摑み号泣してしまった。と、その時、駆け寄って来た水森が「桜宮主任！」と叫び、凄い勢いで抱きついてきたのだ。彼女の頰も涙で濡れている。

「水森、連絡するって約束したのに……ごめんね」

「そんなのいいんです。私こそ誤解させるようなこと言っちゃってすみませんでした」

そしてベビーカーの中の蓮香を見ると微笑みながらまた涙をポロポロ零す。

「桜宮主任、ママになったんですね……今朝、出社して専務から桜宮主任と城山社長が結婚する、既に子供も居るって聞いた時は仰天して腰が抜けそうでしたよ。でも、良かった……本当に良かった」

そう言った後で水森が「あっ！」と声を上げた。

「桜宮主任って、城山さんになっちゃったんですよね？」

「うん、ついさっきね。それと、私はもう主任じゃないから」

水森の肩を叩き一笑すると、蓮さんが「ちょっと待っていてくれ」と言って社長室に向かう。そして戻って来た彼の手には白い封筒が……。

「俺はまだ、これを受理してはいないからな」

それは、私が専務に渡した退職願だった。

蓮さんは、私はまだアメイズの社員だと言って退職願を豪快に破り捨てる。

「えっ、でも……」

「ハルはアメイズに必要な人材だ。辞めてもらっては困る」

困ると言われても、特別扱いされたら私も困る。それに、皆だって面白くないはず。

と思ったのだけれど、そんな心配をよそに社員の皆は私の呼び名を相談し始めた。

「城山主任って社長と同じ名前だから紛らわしいよね」

「じゃあ、遥香主任っていうのはどう？」

「あ、それいいかも」

その会話を聞いた蓮さんが勝ち誇ったようにニヤリと笑う。

「決まりだな」

もうアメイズには戻れないと思っていたのに、またここで働けるの？　皆と一緒に仕事ができるの？　こんな嬉しいことはない。でも……。

私は機嫌よく辺りを見渡している蓮香に視線を向け、今すぐというわけにはいかないなと遠慮気味に言う。

「皆、ありがとう。でも、復帰するのはもう少し先になると思う。その代わり、戻って来たら皆に負けないくらい頑張るから」

しかし蓮さんは、蓮香のことを心配してそう言っているのなら自分も協力すると言ってくれた。

「でも、蓮さん、蓮香のこと抱っこできないでしょ？」

「あ……」

「大丈夫。無理なんてしないから。今は蓮香の傍に居たいの」

そう、無理なんてしていない。働くのはいつでもできるけど、日々成長する蓮香を見ることができるのは今だけだから……。

その後、私は皆と別れ社食に向かった。帰る前に蓮香にミルクを飲ませようと思ったからだ。

「今日は初めての場所で色んな人に会ったけど、蓮香、全然泣かなかったね」

パパだけが苦手ってどういうことなんだろう？

苦笑しつつミルクを飲ませていると水森が社食に入って来た。

「へへっ……ちょっとサボりです」

「もう、真面目に仕事しなさい」

「久しぶりに会ったんですからそんな怒んないでくださいよ。今は割と暇なんです」

水森は蓮香がミルクを飲む様子を食い入るように眺め「可愛い」を連発している。

「蓮香ちゃんの瞳もヘーゼルなんですね。目鼻立ちもハッキリしているし、絶対美人になりますよ」

蓮香を褒められるのは何より嬉しい。「私もそう思う」と大きく頷き、ニヤニヤが止まらない。

「それで、結婚式はいつなんですか？」

「えっ？　結婚式？」

水森にそう言われて初めて気が付いた。

そうだった。結婚式のことすっかり忘れていた。

「するんでしょ？　結婚式」

「まだ式のことは何も話してないから……」

「うっそ！　信じらんない！」

水森は絶対に式を挙げるべきだと語気を強める。

「一生に一度の結婚式なんですよ！　まぁ、中には何回もする人、居るけど……とにかく式は挙げた方がいいです」

水森の言葉に洗脳され、私も段々その気になってきた。

そうだよね。一生に一度のことだもの。私もウエディングドレスには少なからず憧れはある。今夜にでも蓮さんに話してみよう。

なんて考えながらミルクを飲み終えた蓮香を肩に担ぎゲップをさせていると、後ろから声がする。

「結婚式のことはちゃんと考えているよ」

「れ、蓮さん……」

しかし私がハッとしてそちらに顔を向けたところで、蓮さんを見た蓮香がまたギャン泣きしてしまったのだ。

何事かとオロオロしている水森に微妙な表情の蓮さんが、自分は娘に嫌われているのだと切なそうに説明している。

「ええっ！　城山社長が近づくと泣くんですか？　それはお気の毒に……でも、蓮香ちゃんに嫌われるようなこと、何かしたんですか？」

その言葉に反応して蓮さんの片方の眉がピクリ動く。

水森、それは酷な質問だよ。

蓮さんはまたマスターの冗談を思い出したようで、思い詰めた顔で項垂れている。

「迷惑になるからもう帰るね。話はまた後で聞きますから」

蓮香が泣いているから詳しい話を聞いている余裕などない。それに、ここは蓮さんの為にも退散した方がいい。

「あ、ああ……じゃあ、タクシーを呼んでおくから」

オフィスを出る時、私は電車で帰ると言ったのだけれど、蓮さんは何があるか分からないからタクシーで帰るようにと頑として譲らなかった。

この時間なら電車も空いているのに。蓮さんったら心配性なんだから。

その日の夜。仕事を終え帰って来た蓮さんはチャイムも鳴らさず、足音を忍ばせリビングに入って来た。

「うわっ！　ビックリした」

「ハル、蓮香は？」

「う、うん、さっきまで機嫌よくしてたんだけど、ミルクを飲んだら寝ちゃった」

自分の家なのにコソ泥みたいに気配を消して部屋に入ってくる蓮さんが不憫でならない。

「そうか。じゃあ、ちょっと寝顔を見てくるか」

寝室に入った蓮さんは眠る蓮香を愛おしそうに見つめている。

こんなに愛されているのに、どうして蓮香は彼を嫌がるんだろう。

「蓮さん、蓮香が寝ている間に夕食にしよ？」

リビングに戻ると出来上がったばかりの料理をダイニングテーブルに並べ、席に着く。

「洋食だと蓮さんには敵わないから、和食にしてみたの」

「ほー、ぶりの照り焼きに揚げ出し豆腐か……いいね」

蓮さんのお母さんは和食は好みではないらしく、あまり作ってくれなかったそうだ。

「母には言えなかったが、俺は和食が好きなんだ」

「ああ、俺は日本で生まれて日本で育ったからな。和食の方が合っているんだよ」

「えっ、そうなの？」

「そっか、良かった」

これは蓮さんには内緒なんだけど、実は私、つい最近まで料理が苦手だった。でも、実家に居る間にお母さんに色々教わり、人並みに料理ができるようになった。お陰で美味しそうに私の料理を食べる蓮さんの姿を見ることができた。

なんだか胸が一杯でご飯が喉を通らない。

「ハル、どうした？　食べないのか？」

「あ、うん、なんか蓮さんが食べているの見てたらお腹一杯になっちゃった」

「なんだよそれ。食べないのなら俺が貰うよ？」

蓮さんは私の分まで綺麗に完食。一生懸命作った甲斐があったと幸福感に浸っていると、なぜか蓮さんが慌てて湯呑を置き、スマホを取り出す。

「そうそう、大事なことを忘れていた。結婚式のことなんだが……隼人からいい式場があると紹介されてね」

「えっ、フィールデザイン事務所の黒澤社長から……ですか？」

「うん、隼人が結婚式を挙げたガーデンレストランなんだが、とても雰囲気のいい式場でね。これがその写真だ」

蓮さんのスマホを受け取った瞬間、思わず「素敵……」と声が漏れた。

郊外の小高い丘にあるというレストランは英国風のモダンスタイルで均整の取れたシンメトリーデザイン。レストランの前には自然美を活かしたイングリッシュガーデンが広がり、色とりどりの花のアーチの先には薔薇の蔦が絡まった銀の十字架が見える。

「黒澤社長、こんな素敵な場所で式を挙げたんだ……」

「レストランのオーナーが知り合いみたいでね。ハルが気に入ったら紹介すると言ってくれた。どうする？　一度、見に行くか？」

「はい、是非！」

笑顔で即答するも、あることに気付きテンションが急降下。

「あの……式を挙げるのは、もう少し先でもいいですか？」

「それは構わないが……どうして？」

「えっと、もうちょっと痩せてからの方がいいかなって……」

蓮さんは「そんなことを気にしていたのか」と爆笑しているけれど、これは女性にとってはとっても重要なこと。

結婚式は一生に一度の大イベントだもの。産後太りの花嫁なんて考えただけでゾッとする。

「自分が納得した状態でウエディングドレスを着たいの」

「まぁ、ハルがそうしたいのなら俺は構わないが……」

「ありがとう。今日からダイエット頑張る！」

断然ヤル気になってきた。よし！　後でヨガマットをネットで注文しよう。

しかしダイエットより、もっと重要なことがあった。

急遽結婚することになって舞い上がってしまった私は、蓮さんのご両親への挨拶をすっ飛ばしていたのだ。

そのことについさっき気付き、彼が帰って来たら真っ先に話そうと思っていたのに、コソ泥の蓮さんに驚いてすっかり忘れていた。

勝手に蓮さんの子供を産み、挨拶もなく黙って籍を入れたことをご両親は怒っていないだろうか……。

だが、そんな私の心配を蓮さんは笑い飛ばす。

「そのことなら大丈夫だ。ハルのお父さんと話した後、すぐアメリカの両親に連絡して事情を説明したんだ。子供が居ると知った俺の両親は、ハルとハルのご両親に申し訳ないことをした、お詫びをしたいと言ってね、日本に来たんだよ」

「えっ……蓮さんのご両親が日本に？」

「実は、帰国した両親と俺は、ハルの実家にお邪魔してハルのご両親と会っているんだ。お父さんの希望でハルが居ない時にこっそりとね」

そんなはずは……だって、私は実家に居る間、買い物で少し出掛けるくらいでほとんど家に居た。

「いつ？　いつ来たの？」

「ハルが同級生とランチに行った時だ」

「あっ……」

そうだ。突然、美緒から電話がかかってきてランチに誘われたことがあった。あの時、お母さんがしつこく行ってこいって言うから、蓮香を置いてランチに行ったんだ。

「あれは、君のお母さんが仕組んだこと。その同級生にハルを誘ってくれと頼んで呼び出してもらったんだ」

なるほどね。だからあんなに一生懸命、美緒に会うのを勧めてきたのか。

「じゃあ、蓮さんのご両親は蓮香にも会っているんですか？」

「ああ、蓮香は俺達が居る間、ずっと眠っていたけどな」

それ、ビックリというか、かなりショックなんだけど……。

「ハルを東京に連れて行くまでは絶対に秘密にしてくれとお父さんに強く口止めされていたんでね。しかしもう時効だよな」

蓮さんは、結婚に関しては自分の両親も了承済みだと笑っているけど、私はわざわざ日本に来てくれた彼のご両親に申し訳なくて胸が痛んだ。

「私、何も知らなくて……ごめんなさい」

「ハルが謝ることじゃない。お父さんにしてみれば、やっと和解した娘と父親代わりになろうとした孫を一度に失うことになったんだ。辛かったと思う。愛する者を手放す悲しみは俺もよく分かるからな。だからお父さんの言う通りにしたんだよ」

その言葉を聞き、私は蓮さんや彼のご両親、そして自分の親から一生かかっても返せない愛と優しさを貰ったような気がした。

いつか私もそのお返しがしたい。だから今のこの気持ちを忘れてはいけない。

そう心に強く誓った時、蓮さんが立ち上がり、私に左手を差し出してきた。

「おいで、ハル……」

言われるままその手を掴みリビングに場所を移したのだが、ソファに座った直後、指に何か冷たいものが触れる。

「あ……これは……」

「本当は籍を入れる前に渡したかったんだが、オリジナルデザインにしてもらったら出来上がるのに時間がかかってね。今になってしまった」

私の左手の薬指には、大粒のピンクダイヤが輝いていた。緩やかな曲線を描くリングの部分にも小ぶりのダイヤがちりばめられている。

「石はファンシーディープという一番色の濃いものをチョイスした。気に入ってくれたか？」

「あぁ……もちろんです！　凄く素敵……」

見る角度によって虹色の華やかな光が複雑に変化し、ため息が出るくらい美しい。

今日は間違いなく人生最高の日だ。

感激して「ありがとう！」と叫び彼に抱きつくと、ゆっくりソファに倒され甘いキスが降ってくる。

「ハル、これからは何があってもずっと一緒だ……」

再会してからの蓮さんは、キスする前に必ずそう言うようになった。

「うん……何があってもずっと一緒……」

だから私も、二度と再び離れ離れにならないようにと思いを込めそう返す。

暫し肌を滑る唇の刺激に酔いしれ、深くなる愛撫に応えていたのだが、そろそろ蓮香が起きてくる頃だと思うとそちらの方に意識が傾き、気が気ではない。

「……上の空って感じだな？」

不服そうな蓮さんの声に反応するように体を起こし、寝室の方に視線を向けると肩を掴まれ強引に押し倒された。

「わわっ……！」

蓮さんはソファの上で弾む私の体を押さえ込み、拗ねたように唇を尖らせる。

「ハル、今日はなんの日だ？」

「えっ？　今日？　今日は私と蓮さんが結婚した日……だよね？」

「そう、今日、俺達は夫婦になった。つまり今夜は初夜だ」

「しょ……や」

言われてみればそうだ。今日は蓮さんと結婚して初めて迎える夜。

「蓮香が起きる前に、妻になったハルを抱きたい……」

「蓮さん……」

そんな妖美な瞳で見つめられたら私も我慢できなくなる。ダイヤが光る指で蓮さんの頬を包みキスをねだった。

「私、蓮さんのキスが大好き……」

「なら、もういいって言うまでキスしてやる」

彼の極上キスを受けながら、心の中で願う。

蓮香……もう少しだけ、パパと一緒に居させて……。


週末の日曜日。私と蓮さんは蓮香を連れてガーデンレストランに向かった。

この日はちょうど式の予約が入っていて見学できると聞いたからだ。

郊外にある小高い丘の頂上に到着すると、木々の緑の間から写真で見たのと同じ英国スタイルのモダンな建物が見える。

その建物の前の開けたガーデンでは今まさに結婚式が行われている最中で、新婦が正装した年配の男性にエスコートされながら銀の十字架の前で待つ新郎の元へと歩みを進めていた。

長いベールを引き、緑の芝生の上を歩いて行く新婦はとても幸せそうに微笑んでいて見ているこっちまで笑顔になる。

「蓮さん、私、ここでいいかも」

「おいおい、早すぎないか？」

ベビーカーを押す蓮さんがくすりと笑うが、私の気持ちはほぼほぼ決まっていた。

こんな素敵な場所で式を挙げられたら最高だ。

テンション高くレストランのスロープを上がると、ドアの前に立っていた男性が会釈をして近づいて来る。

「城山様ですね。初めまして。このレストランのオーナーの木村《きむら》です。城山様のことはフィールデザイン事務所の黒澤社長から伺っております。さあ、どうぞ中へ」

開け放たれたドアの向こうは大きなエントランスが広がっていて、天井近くの窓にはめ込まれたステンドグラスから七色の光が差し込んでいた。また、エントランスの横にはエグゼクティブラウンジがあり、フォーシーズンのマスターが見たら興奮しそうな海外の珍しいお酒のボトルが整然と並んでいる。

さり気なく置かれたソファやキャビネット、そしてサイドボードなども全てアンティークの英国家具で統一され、とても雰囲気のいい落ち着いた空間だ。

次に案内されたのが披露宴会場。全面硝子張りの窓からは式を挙げているガーデンが一望できる。

「この後、こちらで披露宴が行われます。お出しする料理はフレンチが一般的ですが、ご希望があれば和食や中華もご用意できます。それに、もうひとりの主役の方のフォローもさせて頂きますので」

木村社長は私が抱く蓮香の顔を覗き込みニッコリ笑った。

蓮香は初対面の木村社長を見ても機嫌よく大きな目をパチクリさせている。

やっぱり苦手なのは蓮さんだけなのかな……。

今朝も蓮さんが前を横切っただけで仰け反りながら大泣きしたので、彼はなるべく蓮香の視界に入らないよう気を使っているようだった。

蓮香のたったひとりのパパなのに、いったいいつになったら慣れるんだろう。

それから一通りレストラン内を見てまわった私達は迷うことなく決断した。

「蓮さん、ここにしましょう」

「ああ、そうだな。隼人が言った通りとてもいい式場だ」

私達はその場で申し込みを済ませ、レストランを後にした。

「アメリカのお義母さん達の都合も聞かないで式の日取り決めちゃったけど、良かったのかな？」

勢いに任せ勝手に式場を予約してしまったことを少々悔いていると、バックミラーに映った城山さんの目が弧を描く。

「結婚するのは親じゃない。ハルの都合でいいんだよ。それより、四ヶ月後の式までダイエット頑張らないとな」

蓮さんったら、涼しい顔でどえらいプレッシャーをかけてくる。更に「最高に綺麗な花嫁姿、期待してるよ」なんて言うから意地っ張りの私は強気で宣言するしかない。

「大丈夫！　四ヶ月あればなんとかなるから！」


——二ヶ月後。

私は香澄先輩と待ち合わせて丸《まる》の内《うち》の天ぷら店でランチをしていた。この店を選んだ理由は、畳の個室があったから。乳児が居るとお店選びも一苦労だ。

五ヶ月になった蓮香は寝返りも上手になり、うつ伏せになって体を起こす仕草も見られるようになった。この頃の子供の成長は本当に凄い。昨日できなかったことが今日はできるようになっている。そんな蓮香との毎日は驚きと感動の連続だ。

「わざわざこんな小さい蓮香ちゃんを連れて出て来なくても、郵送してくれれば良かったのに……」

香澄先輩が恐縮しながら封筒から結婚式の招待状を取り出す。

「もぉ～そんなこと言わないでくださいよ」

私はどうしても香澄先輩に結婚式の招待状を直接、手渡したかった。だからランチの時間に合わせてクレストフーズの本社がある丸の内までやって来たのだ。

「香澄先輩には本当にお世話になったんだもの。先輩が居なかったら今こうやって蓮香を抱いていられなかったかもしれないし……」

「でも、城山さんと結婚できて良かったね。再会できずにいたら、ずっと勘違いしたままだったんだから」

「香澄先輩の旦那さんが帰国してくれたお陰ですね。旦那さんの帰国がなかったら、私、実家に帰ろうなんて思わなかったもの」

香澄先輩は「ウチの旦那もたまには役に立つんだ」と呟き、哄笑する。

「それで、仕事にはいつ復帰するの？」

「あ、それはまだ少し先ですね。蓮さんはサポートするって言ってくれてますが、蓮香ったら、未だに蓮さんを見ると大泣きするし、育児に関しては全く頼れませんから。

それより、クレストフーズに復職するって話、香澄先輩がせっかく声をかけてくれたのにお断りすることになっちゃって……ホント、すみません」

「復職のことは気にしなくていいわよ。アメイズに戻れるならそれが一番いいんだから。でも、どうして蓮香ちゃん、パパを嫌がるのかしらね。案外、バーのマスターが言ってたことが当たってたりして……」

「香澄先輩までそんなこと……絶対に違います！」

そうは言ったものの、実は私ももしかして……と思い始めていた。だって、それ以外、原因が思いつかないんだもの。

揚げたてのサクサクの海老天を頬張りながらゴロゴロ寝返りを打つ蓮香を見つめ苦笑い。

そして楽しい時間はあっという間に過ぎ、香澄先輩の昼休みも終わりに近づいてきた。

「じゃあ、そろそろ行くね。結婚式、楽しみにしてるから」

「はい、宜しくお願いします」

先輩を見送り、残っていた料理を食べ終えると私も店を出た。

あ、タクシー呼ぶの忘れてた。

蓮香を連れて外出する時は遠い近いにかかわらず、必ずタクシーで移動するよう蓮さんから口酸っぱく言われていたのだ。

彼の言いつけを守り流しのタクシーを拾おうと車道を注視するも、今日に限って全然走ってない。ならばとスマホを取り出したのだが、ディスプレイの上で指が止まる。

でもなぁ、タクシー代ってバカにならないんだよね。それに駅はすぐそこだ。

少しの葛藤の後、ベビーカーを押して駅がある方向へ歩き出す。

平日のお昼なら電車もそれほど混んでないだろうし、蓮香もミルクを飲んだばかりで機嫌がいい。たまにはいいか。

しかし改札を抜け、ホームに下りる階段の近くまで来て「あっ……」と声が漏れた。

下りのエスカレーターの乗り口にロープが張られ、メンテナンス中と書かれたプレートがぶら下がっている。

独身の頃は特に気にすることなく階段を駆け下りていたけれど、子供を持って初めて知る不便さ。エレベーターを利用しようかとも考えたが、結構な遠回りになる。

ダイエットにもなるし階段で行くか。

「よし!」と気合いを入れ、蓮香をベビーカーから抱き上げようとした時だった。

私の横を三歳くらいの女の子が速足ですり抜けて行く。直後、その子を追うように両手に大きな荷物を持った母親らしき女性が必死の形相で走って来た。

「走っちゃダメって言ってるでしょ！　止まりなさい！」

するとと女の子は階段の前で立ち止まり「ママ～早くぅ～」と小さな手で母親を手招きする。でも、後ろを向いたまま後退りしたせいで足を踏み外し、片足が階段に落ちた。そしてバランスを崩した女の子は放物線を描くようにゆっくり後ろに倒れて行く。

「あ、危ないっ！」

無我夢中で考えている暇などなかった。この女の子を助けなければという思いだけで手を伸ばす。

辛うじて手が届き、女の子の腕を摑むことができたのだが、彼女を引き寄せ胸に抱いた私の体もまた前のめりになり宙に浮く。

視界の先に居た階段下の中年女性が手で口を覆い甲高い叫び声を上げた直後、私の体は重力に引っ張られるように下降し始め、目の前には階段が……。

このまま落ちたらこの子が怪我をする。

咄嗟に身を捩り、体を反転させた次の瞬間、左半身と側頭部に強烈な痛みを感じた。そして目の前で火花が散ったような眩しい閃光が走る。

何？　真っ白で何も見えない……。

私は糸が切れたマリオネットのように階段を転がり落ち、ようやくその動きが止まると感覚がない腕で胸の中に居る女の子の体を更に強く抱き締めた。

「ママ……」

あぁ……無事だったんだ。良かった……。

微かに耳に届いた女の子の声に安堵し、全身の力が抜ける。

でも、女の子の母親が狂ったように女の子の名前を連呼する声が聞こえた途端、意識が朦朧とし始め近づいてきているはずの声が遠ざかっていくように感じた。

どうして？ 娘さんはここに居るのに……私の腕の中に……居る……のに……。

そして真っ暗な闇の中に堕ちていくような感覚に陥った時、突然頭の中でしゃがれた声が聞こえた。

『——小さな女の子には気をつけろ。暗闇に引き込まれる』

あ……小さな女の子？ 魔女さんが言っていたのは、このことだったの？

ゾクリと寒気がしたのとほぼ同時に私の思考は完全に停止し、光のない暗黒の闇に飲み込まれていった——。

9　思いもよらぬ宣戦布告

——それは突然の知らせだった。

ランチを終え、社長室に戻って水森さんから仕事の進捗状況の報告を受けていると、上着の内ポケットでプライベート用のスマホが震える。

「すまない。ちょっと失礼……」

ハルかな？　と期待しつつディスプレイを確認すると見たことのない番号が表示されていた。

んっ？　……誰だ？

眉を寄せ警戒しながら通話ボタンをタップすると『城山蓮さんの携帯で間違いありませんか？』と淡々とした声で問いかけられる。

「はい、城山蓮は私ですが……」

『こちら、千代田区の愛敬会《あいけいかい》病院です。先ほど、城山遥香さんが当院に救急搬送され治療を受けております。彼女が所持していた母子手帳に城山蓮さんの連絡先が記されていましたのでお電話させて頂きました。お子さんもお預かりしておりますのでお越し頂けませんか？』

「ハルが……救急搬送された？」

どういうことだ？　なぜハルが……。

一瞬、放心して頭の中が真っ白になったが、冷静な女性の声で我に返る。

『……もしもし？　聞こえていますか？』

「あ、はい。すみません……それで、なぜ妻はそちらに？」

『駅の階段から落ちたそうです。現在、検査中で詳細は不明です』

「えっ、階段から……落ちた？　では、娘は？　蓮香は大丈夫なんでしょうか？」

最悪な事態を想像し背中に冷たいものが走るも、蓮香は無事のようだ。だが、駅の階段と聞き、更に疑問が膨らむ。

蓮香と出掛ける時は電車は使わずタクシーを利用しろと言ってあったはずだ。

「なぜそんなところに居たんだ……？」

しかしそれを確かめる前に『なるべく早くお越しください』という声が聞こえ、電話が切れてしまった。

「ハル……」

ここで考えていても仕方ない。とにかく病院へ行こう。

汗ばんだ手で車のキーを持ち歩き出すと、電話の会話を聞いていた水森さんが自分も病院に行くと駆け寄ってきた。

「いえ、水森さんは仕事に戻ってください」

「でも、蓮香ちゃんも居るんですよね？　だったら私も行った方が……」

その言葉の意味を理解した俺は立ち止まり天を仰ぐ。

ああ……そうだった。蓮香は俺じゃダメなんだ。

「……分かりました。では、お願いします。一緒に来てください」

水森さんには悪いがここは彼女を頼ることにし、専務に事情を説明してハルが運ばれた病院に向かう。そして病院の受付で案内されたＩＣＵの扉の前まで来ると、ふたりの警官と小さな子供を連れ赤ん坊を抱いた若い女性が深刻そうな顔で何やら話していた。

「えっ……蓮香？」

その女性が抱いているのは、間違いなく俺の娘、蓮香だ。

本当は蓮香をこの胸に抱き、無事を確かめたかった。しかし今ここで俺が抱けば、蓮香は間違いなく泣き出すだろう。

断腸の思いで伸ばしかけた手を戻し、城山遥香の夫だと名乗ると警官がハルは現在検査中で、検査の結果が分かり次第、医師から説明があると言う。

「それで、どうしてこんなことに……」

警官に質問したつもりだったが、答えたのは蓮香を抱いた女性だった。

女性は泣き腫らした顔で何度も頭を下げ、ハルが階段から落ちた時の状況を説明してくれた。

「奥様は娘を庇ってくれて……今回のことは全て私の責任です。娘の手を放してしまった私がいけなかったんです」

警官は事故ということで処理すると言っているが、女性は蓮香を抱いたまま泣きじゃくっている。

そうだったのか……ハルはこの子を助ける為に……。

母親の足に纏わりついて甘えている女の子を見つめ、この子が無事で良かったと強く思う。

「おそらく妻は、この子の命を一番に考えそのような行動に出たのでしょう。それが妻の意思なら、あなた方親子を責めるつもりはありません」

そうは言ったものの、ハルの容態が気になってＩＣＵの扉から目を逸らすことができない。

待つこと数分、その扉が開き、看護師が現れた。

「今、全ての検査が終わりましたので、先生の方から説明があります」

蓮香を水森さんに任せ看護師とＩＣＵに入ると、体格のいい男性医師が俺に気付き、軽く会釈をして近づいて来る。

「城山さんですね？　奥様はあちらに……」

「あぁ……ハル」

思わずベッドに駆け寄るも、その瞼は固く閉じ頭には包帯が巻かれていた。

今朝、仕事に行く俺を笑顔で送り出してくれたハルが、今は別人のようにベッドに横たわっている。

嘘だろ？　ハル……。

痛々しい擦り傷だらけの白い手を握り、何度も名前を呼ぶが全く反応がない。

「どうしたハル。なぜ目を開けない？」

取り乱し声を荒らげると男性医師が横に立ち「落ち着いてください」と俺の肩にそっと手を置いた。

「妻は大丈夫なんでしょうか？」

「頭部に数箇所裂傷がありましたのでレントゲンとＭＲＩ検査をしましたが、出血や骨折など、異常な所見は認められませんでした」

しかし左腕と鎖骨にひびが入っているらしい。後、全身打撲と手足の無数の擦り傷。

「では、命に関わることはないと？」

「はい。ただ……」

そこまで言うと医師は俺から目を逸らし、ハルの方に視線を向ける。

「奥様はここに運ばれてきた時から意識がありませんでした。特に異常はないのでおそらく脳震盪だと思いますが、意識消失状態が少し長いかなと……」

「それは問題ありということですか？」

「いや、重症になると痙攣や血圧の低下などが起こるのですが、そのような症状は見受けられません。脳波や脈も正常ですし、問題はないので安静にしていれば意識はすぐ戻るでしょう」

医師は大事を取って今日はＩＣＵで様子を見ると言う。そうなると当然、付き添いはできない。

ならば、ハルの意識が戻るまで外で待たせてもらうと言ったのだが、医師は何かあれば連絡するので帰ってもらって構わないと微笑む。

しかし意識が戻らないハルを置いて帰るわけにはいかない。やはり待たせて欲しいとお願いしてＩＣＵを出た。すると長椅子に座っていた蓮香を抱いた水森さんと女性が勢いよく立ち上がる。

「城山社長、遥香主任はどうでした？」

「心配いりません。脳などに異常はないようです」

「そうですか……良かった」

「しかしまだ意識がないので目を覚ますまで私はここで待つことにしました。申し訳ありませんが、水森さんはタクシーで会社に戻ってもらえますか？」

水森さんにカードを差し出し迷惑をかけたことを詫びると、女性にも「大丈夫ですから、どうぞお帰りください」と声をかけた。だが、水森さんが大きく首を振る。

「私も遥香主任の意識が戻るまでここに居ます。蓮香ちゃんのこともありますし、城山社長だけでは心配です」

そう言われると返す言葉がない。確かにここで蓮香に泣かれるのは困る。

すると俺達のやり取りを聞いていた女性が蓮香を預からせて欲しいと言い出した。

「こうなったのは私のせいですから」

気持ちは有難いが、そこまでしてもらっては……。

「いや、しかし……」

そう言いかけた時、長椅子に置いてあったハルのトートバッグからスマホの呼び出し音が聞こえてきた。

バッグを開け電話の相手を確認すると、ハルのお母さんだった。迷いはあったものの通話ボタンをタップする。

ハルはお義母さんに毎日、蓮香の動画を送るよう言われていたのだが、今日はまだ動画を送信しておらず、それの催促だった。

『ところで遥香は？　それに、平日の昼間にどうして蓮さんが家に居るの？』

お義母さんはハルが自宅マンションに居ると思っているようで、ハルと電話を代わってくれと言う。

本当のことを言えば、お義母さんに心配をかけることになる。しかしちょっと転んで怪我をしたというような軽いものではない。意識もまだ戻っていない状態だ。やはり黙っているわけにはいかないか……。

俺はお義母さんになるべく心配をかけないようハルの容態をポジティブに説明した。

しかしどんなに異常はないと言われても娘が階段から落ちて怪我をしたと聞けば、自分の目で無事を確かめたいと思うのは当然の心理。電話の向こうから『お父さんに仕事を早退してもらって今から病院に行く』と慌てた声が聞こえる。

取りあえず女の子の母親には、ハルの両親が来るからと説明して今日のところは帰ってもらった。

ハルの両親を待つ間、俺が作った蓮香のミルクを水森さんに飲ませてもらい、入院の手続きを済ませる。が、二時間半経ってもハルの意識は一向に戻らない。

俺と水森さんはＩＣＵ前の廊下で言葉もなく時計を眺めては深いため息をつく。

せめてハルの両親が来るまでに目を覚まして欲しい。

祈る思いでＩＣＵの扉を見つめていると、さっき説明を受けた医師が出て来た。一瞬、ハルの意識が戻ったのかと思い喜んだが、医師は神妙な顔で俺達に会釈する。

「城山さん、先ほど奥様の意識はすぐに戻るとお話ししましたが、残念ながら未だに意識は戻っていません。しかし容態は安定していますし、脳神経外科の先生もいつ目を覚ましてもおかしくない状態だと言っています」

どうやら医師にもハルの意識が戻らない理由が分からないようだ。

「それでもう一度、詳しい検査をしてみようと思いまして……」

要するに、さっきの検査では発見できなかった異変があるかもしれない……ということか。

一気に緊張感が高まり、不安が増す。

「遥香主任、このまま目を覚まさなかったらどうしよう……」

水森さんに「大丈夫ですよ」と声をかけたものの、彼女の言葉が胸に深く突き刺さる。

ハルがこのまま目を覚まさなかったら……いや、それは絶対にあり得ない。辛い時期を乗り越えやっと夫婦になれたんだ。二ヶ月後にはハルが楽しみにしている結婚式も控えている。それに俺はまだハルに何もしてやれてないんだ。頼む……ハル、目を覚ましてくれ。

そしてハルがベッドに寝たまま検査室へ向かって三十分ほど経った時、ハルの両親が到着した。

「蓮さん、遥香は？　大丈夫なの？」

お義母さんは今にも泣き出しそうな顔で声を震わせ、義父さんはハルの顔を見たいと俺に詰め寄る。

隠してもどうせすぐ分かることだ。嘘はやめよう。

「実は……」

そう言いかけた時、ハルが医師と共に戻って来た。両親はすかさずハルの元に駆け寄り声をかけているが、やはり反応はない。

その後、改めて医師から説明を受けたが、内容はさっきと同じで特に異常はなく、意識が戻らない理由は分からなかった。

――二ヶ月後。


仕事終わりに病院に寄った俺は、ハルにいつものように声をかける。

「ハル、調子はどうだ？　今日は残業になってしまってね。遅くなってすまない」

そしてベッドの横に立ち、頬を軽く撫で微笑んだ。

「さて、体を動かそうか……」

ハルの全身をマッサージしながら腕や足をゆっくり曲げ伸ばし、今日あった出来事を報告するのが毎日のルーティンになっていた。

「寝たままだと筋肉が落ちて後で苦労するみたいだからな」

笑顔で話しかけるもハルからの返事はない。

ハルはあの日からまだ意識が戻っていなかった。体の傷は目立たなくなり、左腕と鎖骨のひびも完治したが、その瞼は閉じたままだ。

「なぜなんだ……ハル」

機械の力を借りなくても自発呼吸はできている。心臓も健康そのもの。一週間前の検査でも全く異常はなかった。なのに、意識だけが戻らないのだ。

腫れが引いた顔は普段のハルの寝顔と何も変わらない。

「寝坊が過ぎるぞ……ハル。頼むから、もう一度、君の笑顔を見せてくれ」

堪らずハルを抱き締め、ぽってりした柔らかい唇を撫でるが、あの可愛い声を聞くことはできなかった。

この二ヶ月、休日はもちろん平日も仕事が終わると俺は病院に来てハルと過ごしている。

それができるのは、ハルの両親が実家には帰らず、俺のマンションで蓮香の面倒を見てくれているからだ。

俺が昼間仕事をしている間、お義母さんがハルに付き添ってくれてお義父さんがマンションで蓮香の世話をしてくれている。

当初、俺は両親に迷惑をかけることはできないと思い、ひとりでハルの付き添いと蓮香の面倒を見ると言ったのだが、両親は納得しなかった。

お義母さんは、ひとり娘が昏睡状態なのに帰れないと泣き出し、お義父さんは俺に仕事はどうするんだと声を荒らげた。だが、両親が一番不安に思ったのは、俺に抱かれた蓮香が暴れて大泣きする姿を見たからだろう。俺に蓮香は任せられない。そう思ったに違いない。

でも、彼女の両親が居てくれたお陰で俺はこうしてハルと過ごすことができるし、会社にも迷惑をかけずに済んだ。

ハルの両親には感謝しかない。しかし蓮香はほとんど家に居ない俺を前にも増して拒絶するようになった。

「俺は父親失格だな」

自分の無力さを痛感し、つい弱音を吐いてしまう。

だがな、ハル、俺は絶対に諦めないからな。まだハルには言ってなかったが、俺には夢があるんだ。蓮香がしゃべるようになったら言って欲しい言葉がある。

「それは〝大きくなったらパパのお嫁さんになる……〟蓮香がそう言ったら、ハルはどんな顔をするだろう。呆れて笑うか、それとも蓮香に嫉妬するか……できれば後者だと嬉しいんだが……だから君に目を覚ましてもらわないと困るんだよ」

愛しいハル。どうか俺の夢を叶えてくれ……。

握り締めていたハルの手を離したのは、面会時間終了のアナウンスが流れた直後。名残惜しく何度も振り返りながら病室を出た。

そして自宅マンションに帰った俺は眠っている蓮香の額にキスを落とし、その寝顔を暫し見つめる。

「蓮香……ただいま。ママは今日も目を開けてくれなかったよ」

こうやって眠っている蓮香にハルの様子を報告するのも毎日の日課になっていた。

そしてリビングに戻ると、いつになく真剣な顔をしたお義父さんが話があると俺を呼ぶ。

「なんでしょう？」

ソファに座り尋ねたのだが、ふたり共言いづらそうに視線を下げて俺を見ようとしない。そんな時間が数十秒続いた後、ようやくお義父さんが顔を上げた。

「蓮君、君は遥香の為に精一杯のことをしてくれている。そのことは本当に感謝しているんだ」

「いえ、感謝しなければいけないのは私の方です。お義父さん達が蓮香を見てくれているお陰で私は病院に通うことができる。本当に、ありがとうございます」

「それなんだが……いつまでもこんな状態ではいけないと思ってね」

この時はまだ、お義父さんが何を言わんとしているのか、正直分かっていなかった。

「もうこれ以上、君に負担をかけたくないんだよ」

「いえ、私は病院通いを負担に思ったことは一度もありません。むしろハルの顔を見に行くのが楽しみなんです」

「そう言ってもらえるのはありがたい。しかし今日の昼にお母さんが主治医に言われたそうだ。遥香の意識はいつ戻るか分からないと……」

「えっ……？」

「もちろん希望がないわけじゃない。明日、突然目を覚ますかもしれない。だが、原因が分からないからね。最悪、一生このままという可能性もあるそうだ……」

一生このまま……それは医者に言われなくてもこの二ヶ月間、何度も考えたことだ。

「そうなったとしても私はハルの夫です。私が一生、ハルの面倒を見ます」

キッパリ言い切るも、お義父さんの表情は硬い。

「しかし君はまだ若い。これからの人生の方がずっと長いんだ。籍は入れたが、結婚式を挙げていないからまだそのことを知っている人間は少ない」

この結婚はなかったことにしたい……お義父さんはそう言いたいのか？

「それは、ハルと離婚しろということですか？」

突然の申し出に納得いかず語気を強めると、お義母さんがローテーブルの上に一通の白い封筒を置いた。

「……これは、紹介状……ですか？」

「ええ、実は今日、主治医の先生に転院を勧められたの」

なんでも、欧米の名立たる病院で脳神経外科のリーダーとして働いていた主治医の医学部の先輩が日本に戻って来たそうで、その医師に診てもらってはどうかと勧められたそうだ。

「意識障害について研究している先生らしいの。その先生がウチの地元出身で、自宅から車で三十分くらいの所にある病院にいらっしゃるって聞いたのよ」

ハルを助けられるかもしれない医師が彼女の実家の近くの病院に？

お義父さんは、ハルをその病院に転院させたいと思っていると静かに語る。

「君に相談せず、勝手に決めてしまったことは謝る。それでだ……これを機に、遥香との婚姻を解消してはどうかと……」

俺はお義父さんの言葉を遮り「離婚はしません」と断言した。

「私の将来や仕事のことを心配してくださっているのなら、その心配は無用です。仕事で私の代わりはいくらでも居ますが、ハルの夫は私だけ。会社は信頼できる人物に譲ります。ですから私もハルと一緒に実家に行かせてください」

だが、お義父さんは困惑した表情で首を振る。

「蓮君は責任ある立場の人間だ。そんなに軽々しく会社を手放すなんて言うものじゃない」

その後も話は平行線を辿り、お義父さんは最後まで俺が実家に行くことを許してはくれなかった。

お義父さんは俺のことを思い離婚を切り出したのだろう。しかしハルの居ない人生など考えられない。俺はハルと一生、一緒に居ると約束したんだ。たとえハルの意識がこのまま戻らなくてもその約束は必ず守る。

書斎に入り椅子に体を沈めると目を閉じ、深く息を吐く。そしてデスクの上のフォトフレームを手に取った。

蓮香を抱き微笑むハルの写真を見ていると何もできない自分に苛立ちを覚える。

ハルの転院は来週の月曜日だと言っていた。俺達が結婚式を挙げる予定だった日の翌日だ。

そんな日に離婚? 冗談じゃない!

怒りに任せデスクに拳を振り下ろした時だった。リビングを出る寸前、お義母さんに言われた言葉を思い出す。

『結婚式場、まだキャンセルしてないんでしょ？　費用のこともあるし、早くお断りした方がいいんじゃない？』

結婚式まで後六日か……。

挙式までに必ずハルは目を覚ます……そう信じて式場のキャンセルはしていなかったが、冷静になって考えてみれば、それは俺のエゴだったのかもしれない。

式場をキャンセルすればハルの回復を諦めたことになると意地になり、絶対にキャンセルはしない。してはいけないのだと自分に言い聞かせてきた。

しかし、その意地のせいで木村さんだけではなく、式場のスタッフや招待客にも迷惑をかけることになる。それに、たとえハルの意識が戻ったとしても二ヶ月近くも寝たきりだったんだ。歩くこともままならない状態だろう。強引に式を挙げれば、ハルの体に大きな負担になる。

しかし俺達が真の夫婦になる為にも、そしてハルの両親に俺の覚悟を分かってもらう為にも、どうしても結婚式は挙げたい……。

「あっ……そうか。別に式場に拘らなくても結婚式はできるよな」

そう、十字架の前じゃなくても愛は誓えるんだ。

俺は木村さんに電話をして事情を話し、直前のキャンセルなので費用は予定通り全額支払うと約束した上で、ひとつだけ我がままを聞いて欲しいとお願いした。

『えっ……遥香さんが選んだウエディングドレスを借りたい？』

「はい、それと牧師様に出張をお願いしたいんです」

『出張って……どこにですか？』

「遥香が入院している病院です」

俺は、病室でハルと結婚式を挙げると決めた。


――六日後の日曜日。俺は午前中にアメリカから来日する両親を迎えに空港に向かった。途中、ハルの両親に電話をして午後一時に蓮香を連れてハルが入院している病院に来て欲しいとお願いする。

アメリカの両親には、病院で結婚式を挙げると決めた日にハルの症状を正直に話し、たとえハルの意識が戻らなくても添い遂げるつもりだと告げていた。そしてもし反対なら日本には来なくていいと言ったのだが、父は『必ず行く』と即答した。

『蓮の人生だ。お前が決めたのなら口出しはしない。お母さんも遥香さんと蓮香ちゃんに会うのを楽しみにしているよ』

その言葉を聞いた時、俺はこの両親の子供で本当に良かったと思った。

病院に到着すると母は意識のないハルに「私の可愛い娘」と声をかけ優しくハグをする。そこに木村社長がハルのウエディングドレスと俺のタキシードを持って現れた。

黒いガウンを羽織った牧師様とヘアメイクを担当してくれる女性スタッフも一緒だ。

が、その女性スタッフを見た俺は思わず「どうして……?」と目を見開く。

彼女はハルが助けたあの女の子の母親だった。

「私、城山様が結婚式を挙げるはずだったガーデンレストランのブライダルスタッフなんです」

「そうだったのですか……」

「木村社長に今回のことを聞いて、私にできることはこれしかないと思って担当させて欲しいとお願いしたんです。精一杯のことをさせて頂きます。ですから、お手伝いさせてください」

女性は目に涙を溜め震えた声でそう言うと俺とハルに向かって深々と頭を下げる。

「彼女に事故の話は聞いていたんですが、まさか城山さんの奥様だったとは……本当に驚きました」

木村さんも女性の横で頭を下げる。

「おふたり共、どうか頭を上げてください。私の方こそこんな我がままを言って申し訳ありませんでした。では、ハルの両親が来る前にハルの着替えとメイクをお願いします」

おそらくハルの両親はこんな無謀な結婚式を認めてはくれないだろう。しかし俺が本気でハルを愛しているということを知ってもらう為には、もうこの方法しかない。

「じゃあ、私もお手伝いするわ」

母がベッドを囲むようにカーテンを引くと俺もタキシードに着替える。

「実はさっき、病院に入る時、不審者だと思われたみたいで受付の人に止められたんですよ」

木村さんはバツが悪そうに苦笑いをする。

「牧師様と一緒にこんな大荷物を持って病院に来る人なんて居ませんからね。でも病院で結婚式をして本当に大丈夫なんですか？」

「そのことでしたら、主治医の先生に許可は取ってありますので心配はいりません。しかし先生に相談に行った時はかなり困惑していましたが……」

「でも、よく決断されましたね」

木村さんがベッドの方を見て呟くと、父が会話に割り込みふっと笑う。

「息子は私に似て惚れた女性を簡単には諦められないんですよ。私はこんな状況でも結婚式をすると決めた息子を誇りに思っています」

そうだよな。父さんは母さんを手に入れる為に借金までしてレストランを買い取ったんだもんな。俺は間違いなく父親似だ。

三人で顔を見合わせくすりと笑うと「新婦さんの用意ができましたよ」という母の声が聞こえカーテンが開く。

「あ……」

視線の先に居るのは、純白のウエディングドレスを身に纏った天使のような美しい花嫁。

「ハル……綺麗だよ」

メイクが施された優美で端麗な顔に見惚れたため息が漏れる。

俺の妻はこの世で一番、美しい……。

が、同時に底知れぬ寂しさが胸を締めつけ、頬を撫でる手が震えた。

その時、ノックの音が聞こえて病室のドアが開く。

「これは、いったい……」

聞こえてきたのはお義父さんの困惑した声。そして駆け寄ってきたお義母さんが俺の腕を摑み「どういうこと？」と眉間にシワを寄せた。

「今から私とハルの結婚式を行います」

「あんなに言ったのに、バカなことを……」

「黙って勝手なことをしてすみません。しかし私はハルと別れることはできないんです。どうか結婚式を挙げることをお許しください」

すると俺の両親もふたりの前に立ち、息子の願いを叶えてやって欲しいと一緒に頭を下げてくれた。

親子三人、必死に懇願するも、心の中ではすぐには許してもらえないだろうと覚悟していた。だが、頭上から聞こえてきたのは反対の言葉ではなく、すすり泣く声だった。

「蓮さん……そこまで遥香のことを……」

「蓮君のことを思って離婚を切り出したんだが、どうやら要らぬお節介だったようだな」

顔を上げるとハルの両親が泣き笑いをしながら何度も頷いている。

「ここまでしてくれたんだ。もう反対などできないだろ？　蓮君、娘を……遥香を宜しく頼む」

「では、結婚式を挙げてもいいんですね？」

「ああ、私達も参加させてもらうよ」

固唾を呑んで俺達を注視していた木村さんが歓喜の声を上げ、その横で女の子の母親が号泣している。が、俺達を祝福してくれていたのは病室の中の人達だけではなかった。開いたドアの向こうでハルの主治医とお世話になった看護師の皆さんが勢ぞろいして優しい眼差しで微笑んでいる。

「ナースステーションで結婚式の話をしたところ、皆、参加したいと言いましてね」

しかしあくまでもここは病院。他の患者の迷惑にならないよう静かにと釘を刺された。そしていよいよ結婚式が執り行われることになり、女の子の母親の手で花嫁の顔にベールが下ろされる。俺はベッドの横に立ちハルの手を握った。

厳粛な雰囲気の中、ハルの足元に歩み寄った牧師様が聖書の教えを朗読して神に祈りを捧げる。

「新郎、城山蓮、あなたはここに居る桜宮遥香を病める時も健やかな時も、また富める時も貧しき時も、妻として愛し敬い、慈しむことを誓いますか？」

「はい、誓います」

この先、死がふたりを分かつまで、俺はハルを愛し続ける。だからハルは何も心配しなくていい。君の傍には必ず俺が居る。

ベールの下のハルの顔を見つめ微笑むと、牧師様はハルに対しても同じことを問う。が、もちろんハルが答えることはない。しかし俺には、ハルの『はい、誓います』という嬉しそうな声が聞こえたような気がした。

「では、指輪の交換をしてください」

力が抜けダラリとしたハルの指に指輪をはめ、次にハルの手を添え自分の指にシルバーの指輪を滑らせる。

ほら、ハル、見てごらん。ハルが選んだ結婚指輪だ。

ペアのリングが光る手を並べ、目を細める。

「次に誓いのキスを……」

その言葉に頷き、ベールアップをして静かに眠るハルを見つめた。

まるで眠れる森の美女。物語通りなら、俺のキスで目を開けてくれるはずだ。だが、それは所詮作り話。そんな奇跡のようなことは起こるはずがない。しかし願わずにはいられなかった。

……ハル、どうか頼む。一度でいいからその瞼を開いて俺を見てくれ。

そんな想いを込め、屈んで誓いのキスを落とした。

柔らかい感触を確かめ唇を離そうとした時、ハルの唇が微かに動いたような気がして咄嗟に目を見開く。

「……蓮……さん」

消え入りそうな小さな声だった。でもそれは、間違いなくハルの声……。

「ハル？　聞こえるか？　俺だ。蓮だ！」

病室内に居た全員がベッドサイドに駆け寄ってハルの顔を覗き込む。すると固く閉じていた瞼がスローモーションのようにゆっくり開き、澄んだ瞳に俺の顔が映り込んだ。

あぁ……ハル。やっと戻って来てくれた。

堪らず華奢な体を抱き締め我を忘れて驚喜の声を上げる。

このタイミングでハルが目覚めるとは……これを奇跡と呼ばずして何を奇跡と呼ぶのだろう。

正直、今まで神という非現実的な存在を信じてはいなかったが、どうやらその考えは改めた方がいいようだ。こんな奇跡を起こせるのは神しかいない。ならば、その神に今一度、誓おう。

この命ある限り、妻となったハルを慈しみ愛しぬくと――。

◇　◇　◇

病室での結婚式から二ヶ月後の十月。私は二度目のウエディングドレス姿で目の前のステンドグラスがはめ込まれた美しいドアが開くのを今か今かと待っていた。

二ヶ月間、昏睡状態だった私は当然ながら当時の記憶はない。でも、色んな人が私の為に尽力してくれたことは後で聞いて知っている。また私は多くの人に沢山の愛と優しさを貰ったのだ。

なぜ二ヶ月も意識が戻らなかったのかは未だに不明だけれど、その後、後遺症もなく順調に回復し、今日の日を迎えることができた。

ここは、小高い丘の上にあるガーデンレストラン。蓮さんの強い希望で私達は改めて結婚式を挙げることになったのだ。でも、ひとりだけこの結婚式に難色を示した人物が居る。それは、隣で仏頂面をしている私のお父さんだ。

やっと私と蓮香が居ない生活に慣れて気持ちが落ち着いてきたのに、結婚式をしたらまた寂しくなるというのが理由らしい。

「蓮君は、遥香の意識が戻らなかった時に離婚を切り出したことを根に持って、結婚式をしてまた俺に辛い思いをさせようとしているんじゃないのか？」

「それ、凄い被害妄想だよ。蓮さんはね、お父さん達にはとってもお世話になったから、ちゃんと式を挙げてお父さんに私とバージンロードを歩いてもらいたいって言ってくれたの。この式はお父さんの為の結婚式なのよ」

「ふん、余計なことを……結婚式をする暇があったら、蓮香に好かれる方法を考えた方がいいんじゃないか？」

私は父親が抱く蓮香を見つめため息を漏らす。

お父さんったら、それ最高の嫌味だよ。

九ヶ月になった蓮香は今でこそ以前のように大泣きはしなくなったが、蓮さんが近づくと途端に不機嫌になり、ドアの方を指差してイヤイヤと首を振る。それは、蓮さんに部屋から出て行けという意思表示。

あんなに優しいパパの何が気に入らないのか……蓮香の気持ちが全く分からない。

「なんなら、蓮香と実家に帰って来てもいいんだぞ」

「もぉ～まだそんなこと言ってるの？」

「蓮香もパパと居るより、じぃじと居る方がいいよな？」

まだ言葉の意味を理解できない蓮香は父親の笑顔に応えるようにキャッキャと声を上げて笑う。

この結婚式のことを父親に報告した時、父親はバージンロードは蓮香を抱いて歩きたいと駄々をこねた。きっとそれは、自分はこんなに蓮香に好かれているのだと蓮さんに見せつけ優越感に浸りたかったからだろう。お父さんは未だに蓮さんをライバル視しているのだ。

やれやれ、まるで子供だな……と呆れてため息をつくと、ふたりの正装した式場の男性スタッフが私達の前に立ち、ステンドグラスの扉に手をかけた。

「そろそろお時間です。ご用意は宜しいですか？」

「は、はい」

私は姿勢を正し、隣の父親の腕に手をまわす。

「Congratulations on your wedding. では、いってらっしゃいませ」

観音開きの扉が左右に開くと眩しい陽の光が私達を包み、雲ひとつない真っ青な秋空が視界に入る。直後、色とりどりの可憐な花が咲き乱れるガーデンから祝福の拍手が聞こえ、それだけで胸が熱くなった。

そして足元の深紅のバージンロードの先に見えるのは、愛しい人の笑顔と薔薇の蔦が絡まった銀の十字架。

本当に親しい人達だけを招待した式はこぢんまりとしていて派手さはないけれど、私にとってはこれ以上ない最高の結婚式だ。

「遥香達を支えてくださった皆さんに感謝しないとな」

父親の言葉に頷き、ひとつ大きな深呼吸をすると笑顔で足を踏み出した。

長いベールを引きながら父親と歩幅を合わせ、一歩、また一歩と歩みを進め蓮さんに近づいて行く。

途中「とても綺麗よ」と声をかけてくれたのは、アメリカから駆けつけてくれた蓮さんのご両親と流君家族。今日の披露宴の食事はお義母さんが担当してくれた。そして熱い眼差しで私を見つめているアメイズの女性社員達。その中でも一番興奮していたのが、最近、彼氏ができたと言っていた水森だ。「遥香主任、私もここで結婚式挙げます！」と大声で叫んでいる。

くすりと笑い反対側に目を向けると、既に号泣している母親と香澄先輩が居て、その後ろでフォーシーズンのマスターと絵梨ちゃんが手を振っている。

皆、ありがとう。本当にありがとう。

笑顔で会釈しつつ幸せを噛み締めていたのだが、少し離れた場所で小さな女の子を連れ、手を合わせている女性の姿を見た瞬間、胸にグッとくるものがあった。

あの子は、階段を落ちた時の……すっかりお姉ちゃんになって……。

メイクが崩れるから式が終わるまでは絶対に泣かないと決めていたのに、堪えきれず涙が溢れ出る。

「ハル、もう泣いてるのか？」

その声に反応して顔を上げるとタキシード姿の蓮さんが微笑を浮かべていた。

蓮さんが一礼したのを合図に父親の腕から手を離し、夫である蓮さんの横に立つ。

と、その時、機嫌よく父親に抱かれていた蓮香が隣の蓮さんの方を見たのだ。

このタイミングで機嫌が悪くなったらヤバいと焦るが、予想に反してクリクリの瞳を更に丸くし、蓮さんの顔を見つめている。

あれ？　いつもと反応が違う。

そう思った次の瞬間、蓮香が最高の笑顔を見せ、身を乗り出して両手を広げた。

「えっ……嘘」

蓮香が抱っこをねだったのは、私ではなくあんなに毛嫌いしていた蓮さんだった。父親もまさかと思ったのだろう。放心したまま固まっている。しかし一番驚いていたのは間違いなく蓮さんだろう。

戸惑いながら蓮香を受け取ると信じられないという顔で我が子を凝視した。

「蓮香……やっとパパだと認めてくれたのか？」

その美しい淡褐色の瞳は涙で潤んでいる。

あ……蓮さんの涙、初めて見た。

「私の意識が戻った時でも涙を見せなかったのに、蓮香を抱っこできただけで泣くんだ……」

「んっ？　もしかして、蓮香に嫉妬しているのか？」

「なっ……嫉妬なんてしてない！」

意地悪なことを言う蓮さんにムッとして横を向くと祭壇の方から牧師様の声がする。

「そろそろ式を始めさせて貰ってもいいかな？」

その声には聞き覚えがあった。

「えっ！　どうして彰が……？」

「城山さんに頼まれてね。どうだ？　俺の牧師姿。似合うだろ？」

ふたりにしてやられたと苦笑した刹那、彰が咳払いをして聖書片手に誓いの言葉を読み上げる。

私と蓮さんはそれぞれ永遠の愛を誓い、お互いの手を取って二度目の指輪の交換をした。

「それでは、誓いのキスを……」

彰にそんなことを言われると妙に照れてしまう。でも蓮さんは平然とベールを上げ、蓮香を抱いたまま私の腰を引き寄せた。

ほんの少し触れるだけ……そう思っていたのに、柔らかく温かい唇はなかなか離れず、そのキスはどんどん深くなっていく。

初めのうちは両親や親しい人が見ている前でキスをするということ自体恥ずかしくてはにかんでいたのだけれど、彼の甘美で魅惑的なキスが私の羞恥をいとも簡単に消し去ってしまった。

あまりにも長い誓いのキスに痺れを切らしたのか、彰が呆れ顔で何か言っているけど、ふたりの世界にどっぷり浸っている私達の耳にその声は届かない。

しかしここで私に最強のライバルが現れたのだ。

蓮香が「うぅーん」と唸り、まるで嫉妬しているみたいに私の体を押す。その淡褐色の瞳は九ヶ月にして完璧に女の目だった。

蓮さんは嬉しそうにニヤけていたけれど、私は心中穏やかではない。

「蓮香、おいで」と手を伸ばすが、蓮さんに抱きついてプイとそっぽを向く。

この宣戦布告により、私と蓮香の蓮さん争奪戦の幕が切って落とされたのだ。


結婚式以来、蓮香は常に蓮さんを探すようになり、ひとたびその姿を見つけると高速ハイハイで彼めがけ突進して行く。そして蓮さんを独占して離れようとしない。

一番厄介なのは、私と蓮さんが仲良くしていると決まって癇癪を起こして手がつけられなくなること。

なぜ突然蓮香が蓮さんにご執心になったかは誰にも分からない。ただ、蓮香が蓮さんを毛嫌いしていた理由については、なんとなく分かったような気がする。

それは、彼の香り……。

結婚式前日、洗面所を掃除していた私は誤って蓮さんが使っているヘアローションの瓶を落として割ってしまったのだ。

そのヘアローションはフランスのブランドで日本では販売されておらず、購入するには個人輸入で半月ほど時間がかかる。なので蓮さんはそれが届くまでと、渋々違うメーカーのヘアローションを購入して結婚式の日からそれを使っていた。

前の香りはシプレ系の上品な香りで私にはとてもいい香りだったが、蓮香には耐えがたい悪臭だったのかもしれない。

これはまだ確定ではないので蓮さんには話してないけど、臭かったから泣いていたというのが事実なら、蓮さんはショックを受けるだろうな……。

でも、まさか娘が恋敵になるなんて思ってもいなかった。

そしてこの時、私はやっと気付いたのだ。魔女さんが言っていた『大切な人を奪おうとする人物が現れるぞ』という予言が当たったことに。

あれは蓮香のことを言っていたんだ……確かに生まれたばかりの蓮香は幼く魂も未熟なのかもしれない。それに、間違いなくかなりの強敵だ。

改めて考えてみれば、魔女さんが言っていたことは全て当たっている。

離れ離れになってしまったけれど、まだ縁が切れてない大切な人というのが蓮さんで、小さな女の子には気をつけろ、暗闇に引き込まれると言っていたのは、あの女の子絡みの階段での事故。その後、私の意識は二ヶ月もの間、暗闇の中をさ迷っていた。

魔女さん凄い……あの人は本物だ。

この能力を埋もれさせるのはもったいないと思った私は、蓮香が機嫌よくひとり遊びをしている時を見計らって蓮さんに耳打ちする。

「アメイズに復帰したら、一番に取り組みたい仕事があるの」

「んっ？　アプリ開発か？」

「そう。絶対に当たる魔女アプリ」

「はぁ？　なんだそれ？　占いか？」

詳しい説明をしようと思った時、蓮香が突然振り向き、お得意の高速ハイハイでこちらに向かって来る。

私は両手を広げて蓮さんの前に立ち、蓮香に向かって叫ぶ。

「蓮香、ダメだよ！　蓮さんは絶対に渡さない。パパはママのものなんだからね！」

——母と娘の戦いは、まだ始まったばかりだ。

——Ｆｉｎ

あとがき

この度は、マーマレード文庫さんからの三作目『秘密で出産するはずが、極上社長の執着愛に捕まりました』をお手に取って頂き、ありがとうございます。

今作は私にとって八年ぶりに書くシークレットベビーもの。八年前と違い同テーマで素敵な作品が多く発売されている今、読者の皆様に楽しんで頂けるかな？　と不安を感じながらの執筆でした（今でもドキドキです）。

物語のテーマは、家族や友人を含めた様々な愛の形。ですが、やはりメインは恋愛です。誤解とすれ違いが原因で離れてしまった遥香と蓮のラブストーリー。お楽しみ頂けましたでしょうか？

また、マーマレード文庫さんで先に書籍化した『恋愛指導は社長室で』と『熱愛本能』二冊に関わる人物などを作中に入れ繋がりを持たせました。前作を読んでくださっている方でしたら気付いて頂けるはず。と期待しています（分かって欲しい。切に！）。

そしてふたりが結ばれる遥香の誕生日を忘れないように自分と同じ十二月十三日に

したのですが、偶然にも十二月発売ということで、遥香と私、最高の誕生日プレゼントになりました。とはいえ、やはりひとつ歳を取る恐怖は変わりませんね（涙）。

またまた余談になりますが、今作を書いている間にプライベートでも色々ありまして、経験されている方も多いと思いますが、コロナワクチンを二回接種。時を同じくして奥歯を二本抜き、頬がおたふく状態。そんな時に旦那がまさかの救急搬送！　で、家族が大阪《おおさか》に引っ越しと何かと慌ただしい日々でした。

そんなこともあり、色んな意味で思い出深い作品となりました。

最後になりましたが、今回も作品作りに尽力してくださいました関係者の皆様にお礼を申し上げます。

まずは担当編集者様、締め切りギリギリに決まってバタバタする安定の遅筆をお詫び致します（ごめんなさい）。そしてカバーイラストを担当してくださったカトーナオ先生。ラフを拝見した時、思わず『わっ！　ふたり共イメージ通り！』と叫んでいました。とっても素敵なイラストをありがとうございます。そして何よりこの文庫をお迎え頂いた読者の皆様、感謝の気持ちでいっぱいです。まだまだ落ち着かない日々ですが、来年は皆様にとって良い年でありますよう心より願っております。

沙紋《さもん》みら

マーマレード文庫

秘密で出産するはずが、
極上社長の執着愛に捕まりました

2021年12月15日　第1刷発行　定価はカバーに表示してあります

著者　沙紋みら　©MIRA SAMON 2021
編集　株式会社エースクリエイター
発行人　鈴木幸辰
発行所　株式会社ハーパーコリンズ・ジャパン
東京都千代田区大手町1-5-1
電話　03-6269-2883（営業）
0570-008091（読者サービス係）
印刷・製本　中央精版印刷株式会社

ISBN-978-4-596-01884-7

m a r m a l a d e b u n k o